屍戀

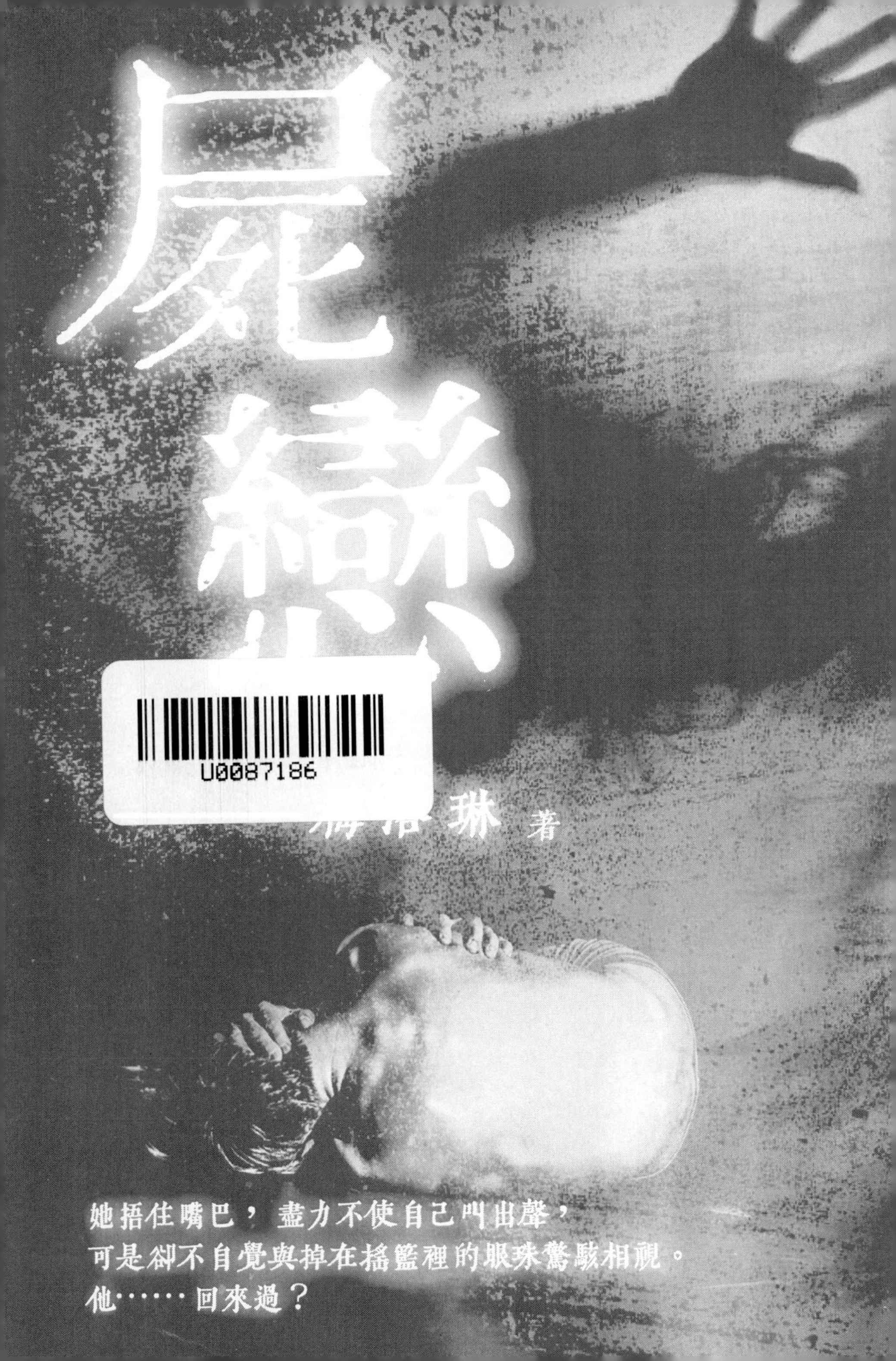

琳 著

她捂住嘴巴，盡力不使自己叫出聲，
可是卻不自覺與掉在搖籃裡的眼珠驚駭相覷。
他……回來過？

目錄

序曲

「唔……咿……啊……」

位於窗邊的搖籃，裡面躺著不到六個月的小嬰兒，正嘰嘰咕咕的發出聲音，楊晴娟確定他相當安全，不至於有翻身墜落的危險，才拿著無線電話，繼續在廚房忙碌……

「喂！國政呀？你等一下要過來？嗯嗯……好！」

她轉身清洗流理臺，忽然聽到後面傳來嬰兒的笑聲，大概是看到了什麼令他覺得稀奇的事物吧？楊晴娟等到電話那頭掛斷，把流理臺上面的水漬都擦乾，洗淨雙手後，走回前面。

「小熙，看到什麼了？笑得這麼開心？」

小嬰兒朝著她微笑，模樣可愛極了，緊握著的手心裡似乎有什麼東西……

序曲

楊晴娟確定她沒有在搖籃裡放任何玩具，免得發生危險。

她疑惑的將他手心打開，取出類似乒乓球大小的東西……

咚！

驀地，她將手中的東西丟在搖籃裡，摀住嘴巴，盡力不使自己叫出來，免得嚇壞小熙，可是眼裡透出的驚駭，正和掉在搖籃裡的眼珠相視……

他……回來過？

而小嬰兒沒發現母親的異狀，抓起掉在他旁邊的眼球，依舊開心的笑著。

第一章

「你這個死鬼！有本事就再也別回來！」楊晴娟拿起桌上的杯子，惡狠狠的往前一丟！周明群動作比她更快，在被砸得腦袋開花之前，已經溜了出去並迅速關上了門。

砰！

杯子砸在鐵門上，發出厚實且巨大的回聲，然後，掉了下來。地面除了杯子之外，相框、衛生紙、書籍……都一一與它作伴。

楊晴娟坐在沙發上，不停的喘氣，低血壓的她這時感到腦袋有點暈眩，她必須要深呼吸，休息一下，才能恢復正常。

看著滿地瘡痍，她感到深沉的煩悶與無力。

他們的婚姻，到盡頭了嗎？

第一章

看著窗外，楊晴娟有點茫然。想當初他們也是相愛才結婚的，雖然稱不上轟轟烈烈，卻也細水長流，穩定交往兩年多，才走上紅毯的那一端。

可是……現在呢？

婚姻是愛情的墳墓，他們驗證了這句話。新婚之際，他們還享受一段甜蜜時光。只是隨著時間游移，那股甜蜜，也慢慢淡掉了、消失了，只剩下爭執與嫌隙。

只要一個不經意的動作、一句不經心的言語，就會引爆不滿的地雷，然後越演越烈。

她總愛逞口舌之快，只要能傷害他、刺激他，不論什麼話都說得出來。死鬼、混帳、王八蛋、臭男人……無論什麼難聽的話，她都曾經說過，當下只求快意。

儘管事後她會有絲絲的後悔，但在盛怒當下，誰又能阻止得了！像現在，周明群出去才沒多久，她就後悔了。

她變了，變得連自己也不認識自己了。

或許是對婚姻的期望越大，當現實與夢想差距愈大，失落愈重，也就愈不滿，這些積怨已久，扭曲了她原來的性格，甚至不惜對枕邊人惡言，甚至暴力相向。

那……是她變了嗎？

這個問題讓她相當無力，也不想面對。楊晴娟勉強回到床上，閉上眼睛，想要休息一下。

※　※　※

叮咚……叮咚……

誰呀？

楊晴娟張開了眼睛，才發現在不知不覺中，她竟然睡著了？看了一下床頭櫃上的鬧鐘，晚上十一點多了，那現在按電鈴的……是周明群嗎？

叮咚……叮咚……

第一章

楊晴娟吁出一口氣，總算他還記得要回來，沒有忘了這個家，他是在出去的時候，忘了帶鑰匙了？楊晴娟深吸一口氣，有絲勝利的快感，她坐了起來，到客廳去開門。

叮咚……叮咚……叮……

楊晴娟打開了鐵門，勝利的表情在看到站在大門前的來人時，倏而取代為驚愕和惶恐。

「有什麼事嗎？」她望著來人，謹慎問道。

「請問是楊晴娟小姐嗎？」站在外頭的警察身材高大，卻有張稚氣的娃娃臉，他看著手上的資料問道。

「我就是，你有什麼事嗎？」楊晴娟狐疑的望著對方。

「妳就是楊小姐？周明群是妳老公吧？」

「是的，發生了什麼事嗎？」楊晴娟緊張起來，警察怎麼會來到他們家？

「請妳跟我們走一趟。」

「到底發生了什麼事？」

警察邊思索邊打量著她，不確定看起來嬌弱的她，能不能受得了打擊，稍後才斟酌的吐出：

「我們很遺憾的通知妳，妳的先生他……恐怕出事了。」

楊晴娟臉上一白，身體搖搖欲墜！

難道他……不！腦中閃過各種可能性，雖然她叫他不要再回來，但並不是真心的，那只是夫妻間的不快、齟齬，並不是想要置他於死地。但是現在卻有個警察來通知她，這是怎麼回事？

「他……他怎麼了？」楊晴娟的喉嚨乾澀，虛弱的吐出。

「如果方便的話，希望妳能跟我們走一趟。」

「我知道了。」

※　※　※

看著擋風玻璃上的雨刷，將整個世界抹成濕淋淋且深黃的一片，像是通往

第一章

名為黃泉的路，那……周明群呢？楊晴娟坐著警車，來到了事發現場。

轟！

一道雷打在遠處的山巒，即使在車內，也可以聽到雷聲，喚醒了楊晴娟的意識。

他們所在地是林口通往桃園的山路，由於在晚上，又下著大雨，旁邊的路燈發出昏暗的光芒，將路面照得幽微難明，而路燈照不到的地方，似乎不是通向桃園，而是通往另一個不知名的世界……

下了車，細心的員警拿了把雨傘，撐在楊晴娟的頭上，楊晴娟看到那輛撞到山壁的車子時，她的心就涼了——

「楊小姐，這邊請。」年輕警察客氣的招呼，楊晴娟卻感受不到溫暖，雨下得太大了。

在車子旁還有兩名警察，一看到楊晴娟，撐著雨傘走了過來。

「妳是楊晴娟嗎？」一名已上年紀的員警大聲地問著。

了帶外套。

「我是。」楊晴娟拉了拉衣服，感到陣陣寒意。由於走得太匆忙，她根本忘

「這輛車子，妳認得嗎？」

她點點頭。「認得，是我先生的車子。車子撞成這樣，那……他人呢？」

車頭不但全毀，連擋風玻璃都碎了、散了，車子的前半部就像被用力擠壓的黏土，可見衝擊力之大。

在場的員警彼此望了一眼，才由那名資深員警說道：

「我們並沒有看到妳先生。」

「什麼？」

沒有……楊晴娟非但沒有安心，心反而更加高高吊了起來。

「根據目擊者的證詞指出，車子是由高速行使，然後撞上山壁，我們在地上並沒有看到剎車的痕跡。」路邊有幾攤檳榔攤，做著有一搭沒一搭的生意，而這場大雨，業績更是寥寥無幾，因為這場意外，反而讓他們有了關心的焦點。即

使下雨，他們也圍繞在旁邊。

「那我先生呢？他人呢？」楊晴娟擔憂的問。

「我們也在找他。」

「這麼嚴重的車禍，他竟然還可以離開現場，表示他沒什麼大礙，不過不能保證他沒受傷。我們已經派人聯絡這附近的醫院，看有沒有因為車禍而去就診的傷患。」另外一名警員也安慰道。不過，車頭都凹陷了，人還可以爬出來，真是奇蹟！

「麻煩你們，一定要找出我先生，麻煩你們。」楊晴娟懇切道。

「這是我們的本分，阿忠，你先送楊小姐回去吧！」資深員警對著剛才送楊晴娟過來的警察說道。

「是。」

※　※　※

雨停了。

一滴水珠自葉子上滑落下來，落到土裡，然後迅速被吸收，消失得無蹤無跡，彷彿從來沒有存在過。

而人，也是一樣。

「晴娟，妳放心，一有消息的話，警方一定會通知妳的。」在楊晴娟的家裡，傳來中氣十足的婦人聲音。

「珠姨，我知道，可是……三天了，已經三天了，還沒有明群的消息。」

「妳就坐下來吧！」蘇麗珠見她在客廳裡跺步，不得安閒，將她用拉的坐了下來。

楊晴娟順從的坐了下來，只是人是坐下來了，心卻還未定，楊晴娟將頭埋進手裡，看起來相當懊喪，蘇麗珠見狀，只能搖頭。

她站了起來，去倒了一杯水，遞到楊晴娟的面前。

「喝個水吧！」

「我不……」

第一章

「不管妳想要做什麼，都得先顧好自己的身體再說。看妳瘦成這樣，我怎麼跟妳媽交代？」蘇麗珠以嚴肅的口吻說道，楊晴娟無法拒絕，只好接受。

她喝了幾口水，蘇麗珠將她手上的杯子拿走，坐了下來。

蘇麗珠是楊晴娟的阿姨，楊晴娟的父母早死，父親並沒有兄弟姊妹，母親只有一個妹妹，她和蘇麗珠的感情如同親生母女。也因此蘇麗珠在聽到周明群出事後，連夜從臺中趕到臺北。

蘇麗珠只是想安撫楊晴娟，不忍她為了周明群的生死悲慟，開口是為了要她寬心：

「妳不要擔心，也許……他躲起來了？」

如果這樣……或許她可以減少一點愧疚，但是目擊者賣檳榔的證詞指出，車上明明有人，當時對方還好心的想將周明群拉出來，卻因為門打不開，而回到檳榔攤打電話報警，只是在警方趕到之後，明群卻失蹤了。

而警方也認定天雨路滑、視線不良，再加上剎車有些失靈，才會不慎撞上山壁。整體來說，這件事是個意外。

「但是他為什麼不來找我？為什麼要躲起來？」

蘇麗珠一時語塞，不知道要怎麼回答？楊晴娟則咬著自己的指頭，不停的埋怨自己：

「對了，他一定是在恨我……他離開之前，我們吵了一架，我還叫他不要回來，一定是這樣害他出事，所以他一氣之下，才會故意躲起來。」她將整件事做了個合理化，把錯都怪到自己身上。

「晴娟，妳別這樣。」

「一定是這樣，要不然他怎麼會躲起來？」楊晴娟突然哭了出來，這三天以來，她已經被懊悔啃蝕的體無完膚。「我的錯，這都是我的錯……」如果不是她跟他吵架的話，明群就不會出事了……

「明群不會這樣的，他是個好人，他不會故意這麼做的。」蘇麗珠見過周明群，他們的婚禮她是主婚人，他們交往的時候，她也看過周明群，他是個憨厚的男人，不太可能會做這種事。

「如果不是這樣的話，他為什麼還不回來？」

蘇麗珠無法回答，楊晴娟一昧的鑽進死胡同裡，讓她不知怎麼安撫。

「這個……哎……總之，妳不要想那麼多，搞不好他明天就回來了，既然他不在車上，就表示他沒事，他沒事的話，一定會跟妳聯絡的，妳就不要想那麼多了。」雖然蘇麗珠揣測著不少可能性，像是他可能被其他人搭救，又或著他失憶了，又或著……電視上都這樣演嘛！

但她不好這時候提出來，楊晴娟已經夠心煩意亂了，她不必要再添加一筆，只希望她能夠鎮靜下來。

但願……如此……

楊晴娟也只能這麼想，即使她和他的關係已至冰點，但不代表她對他毫無感情，甚至希望他出事，她沒惡劣到那種地步。

現在她只希望明群能給她一個消息，而不是折磨人的等待。

※　※　※

「就在這裡嗎？」

「對，就在這裡。」楊晴娟看了看左右，確定位置，後方還有間檳榔攤，仍在繼續營業。

這裡，就是明群出車禍的地點。

當初來的時候，大雨滂沱，又是在夜晚，現在天氣晴朗，山青葉翠，馬路也少了塵土，卻依舊叫人心頭沉重。

「那……妳就開始吧！」蘇麗珠遲疑了下，還是讓她去了。

「嗯。」

楊晴娟拿起了香，利用打火機點燃之後，開始對著車禍現場祭拜起來。車子當然已經拖走，現場也因為前幾天雨勢的關係，痕跡已經被沖刷得差不多了，唯一留下的，是濃而化不開的滯凝氣氛。

隱隱約約，還殘存著出事時的衝力，壓得人心沉重。

楊晴娟拿著三柱香，對著空中喃喃：

「明群，如果你還在的話，就快回來吧……如果你真的不幸……」她鼻頭一酸。「也給我個消息好嗎？我知道前幾天我也有不對……如果你聽到的話，就快回來吧……」她拿著香，對著山壁祭拜。

蘇麗珠縱然覺得不妥，也未曾開口。

拿香祭拜，但周明群死生未卜，似乎頗觸霉頭，但如果這樣可以讓她情緒穩定的話，就讓她去吧！

現場只有楊晴娟拿著香祭拜，蘇麗珠陪伴她，而她們搭乘過來的計程車，則在一旁等待。

※　　※　　※

沒有，還是沒有。

經過了一個星期，警方仍然沒有明群的消息，他就像是蒸發了、消失了，不存在這世上。

但生要見人，死要見屍，就算明群出事，她也要看到他……

是上天處罰她？還是她的話真那麼靈驗，他再也不會回來了……楊晴娟坐在餐桌前，痛苦的抱著頭。

周明群失蹤之後，事情接二連三的過來，不僅要接受警方的詢問，還得面對保險公司的質詢，這時候她才知道周明群投保了兩千萬的險種，而她正是受益人。

如今他出事，死生未卜，保險公司卻在釐清周明群是否故意自殺而讓妻子獲得利益？搞得她身心俱疲。

明群，你到底在哪……

陪了她一個星期的蘇麗珠，因為家裡有事，不得不先回去，現在家裡，只剩她一人而已。

以往周明群去上班的時候，她就在家裡等著他回來，現在她依舊在家等候，卻不知道他會不會回來？

相同的處境，卻有不相同的心境，而後者更令人難熬。

喀啦！

什麼聲音？楊晴娟抬起頭來。

喀擦……

有聲音，而且像是……大門被推開的聲音？楊晴娟又驚又喜的跳了起來！她跑到門口將內門打開！

「明群！」她叫著。

沒有人。

外面空盪盪的，內門外面和大門中間的庭院也沒見到人，他們居住的這間透天厝外面有個庭院，分割成前庭和位於屋子左側的車庫，一進來的話，就可以同時看到庭院和車庫，而車庫底部，可以通到廚房。

不過這時候車庫並沒有車子，也沒其它動靜，只有遠處機車呼嘯而過的聲響，還有幾聲狗吠，而庭院外頭的鐵門未關，被風吹得作響。

那麼……剛剛是它的聲音嗎？

是錯覺吧？

楊晴娟感到失望，上前將大門鎖好，回過頭來，又朝車庫望了望，什麼也沒有。她嘆了口氣，回到家中。

明群，還沒有回來。

※　　※　　※

楊晴娟陷入一個疲憊的狀況。

整日醒了又睡、睡了又醒，身體虛軟無力，感到渾渾噩噩，她不知道周明群不在之後，她會這麼難以適應。

以往他去上班之後，只有她一個人在家，她會將家裡打掃整潔之後，再做一些其它的事，倒也悠閒。只是在家裡待久了之後，和時常在外頭忙碌的周明群有了隔閡，兩人可談的事情越來越少，關係開始變化。

開始覺得，他和她是兩個世界的人。

第一章

「鈴鈴……」

刺耳的電話聲音響起，楊晴娟伸手接了起來。

「喂……」

「晴娟呀！我是珠姨，都十點多了，妳還在睡啊？」蘇麗珠從電話那一頭，聽到她的倦怠。

「嗯。」

「這麼晚了，該起床了。對了，我跟我家那口子提過，妳現在一個人，又遇到這種事，要不要到臺中來住一陣子？欣怡在外面讀書，久久才回來一次，妳過來的話，家裡有房間給妳住……」

腦子還有點混亂，幾秒之後，她才醒了過來。

「珠姨，我想……不必了。」她從床上坐起來。

「妳不必跟我客氣。」

「我沒有跟妳客氣，我只是想，如果我在家的話，明群回來的話，至少可以看到我。」以為沒有感情了，沒想到周明群不在的這陣子，楊晴娟才發現她離不開他。

原來兩人相處久了，還有牽絆。

「妳……明群他也不知道什麼時候才回來，妳這樣一直待在那裡，我會擔心的。」蘇麗珠擔憂的道。

「就是不知道他什麼時候回來，所以我更要待在這裡啊！再說，我跟警方講過了，如果有什麼無名屍的話，請他們通知我一聲……」她語帶哽咽。「就算明群不在了，生要見人，死要見屍……」

「呸呸呸，妳講這什麼話？明群不會有事的。」

「珠姨，其實我也早就有心理準備，也有最壞的打算，只是看不到他的人的話，我不甘心……」楊晴娟嗚咽起來。

「好啦好啦！別哭了，不來是吧？那我再上去看妳……」

「珠姨，不用了……」

「什麼不用？妳不下來的話，我就去妳家住，除非妳不歡迎我。」蘇麗珠威脅著。

「不，不是……」

「那就好，等我把這邊交代好了，我會再上去，這幾天妳一個人，要好好照顧自己。」她不放心楊晴娟一個人，怕她想不開。

「我知道了。」

蘇麗珠掛了電話，楊晴娟也將話筒放下，重新躺回床上。

喀啦……

原本閉著的雙眼突然張開起來，楊晴娟疑惑著，她不是才把話筒掛下嗎？怎麼又會有聲音？

而且這聲音，好像不是從耳邊，而是房間外傳進來。

她站了起來，打開房門，朝外頭望去，什麼也沒有看到，外頭一切正常的很。

由於是透天厝，有上、下兩層，主臥房在樓下，還有另外一間房間，樓上還有三間房間。剛剛那個聲音，似乎從樓上傳來……是小偷嗎？楊晴娟不禁擔心起來。

懷著忐忑不安的心，她走了出去，客廳裡沒人，她走到原本是周明群的書房，輕輕打開門，什麼也沒有。

走到樓上，她將房間都打開來看，其中兩間當初設定是孩子房，另外一間則為客房，樓下除了主臥房外，另外一間則是周明群的書房。

楊晴娟走到客房，將門打開……

喔！好臭，這間客房是因為久未打掃，又不通風，所以有惡臭嗎？其它房間也一樣，為什麼剛剛都不會？這種味道……像是陳舊的、腐敗的味道，像是什麼動物死亡的味道，而且相當濃烈，刺激著鼻腔，讓人感到不適，是有老鼠死在這個房間嗎？

一陣噁心感湧了上來，楊晴娟跑去廁所吐了起來。

味道的事情並沒影響楊晴娟太久，因為她並沒有心情去理會其它。平常的生活起居就在樓下，至於樓上，除了偶爾打掃之外，是很少上去的。現在周明群出了事，她更沒有心思去理會。

明群他……還在嗎？楊晴娟嘆了口氣。

「周太太，回來了呀！」

從商店回來的時候，她遇到了隔壁的鄰居，楊晴娟虛弱的扯出微笑，而陳秀容似乎沒注意到她的疲憊，依舊滔滔不絕：

「周先生還沒消息是不是？真可惜，警察不知道在做什麼，找個人都找這麼久，又不是死了，怎麼會找不到？」

「秀容，妳閉嘴。」走在陳秀容身邊的高志正瞪著她道。

「哎呀呀！我又沒有說什麼？我的意思是……周先生那麼大的人了，怎麼可能會找不到，如果警方都找不到的話，會不會是周先生自己藏起來了？」

高志正翻了翻白眼，他怎麼會有這麼白目的妻子？

「說來說去，也真奇怪，怎麼會到現在還找不到人……」依舊沒察覺氣氛不對，陳秀容逕自說話，被高志正拉走。

「妳不是該煮飯了？」

「哎喲！晚一點煮會怎麼樣？」

「我肚子餓了，孩子也在等飯吃。」高志正將陳秀容拉走，留下楊晴娟。

而在離去之前，高志正回頭多看了楊晴娟一眼，那眼神令楊晴娟感到不舒服。

她想太多了吧？不過是鄰居而已。

楊晴娟見他們離開，鬆了一口氣，除了警察和保險人員外，有時候也得應付像陳秀容這種三不五時就想要探聽人八卦的人。

第二章

她掏出鑰匙進入家門，走到廚房，打開冰箱。

要煮什麼？她看著冰箱發愣。

以前就算和周明群吵架，她還是會下廚，煮給兩個人吃，現在周明群不在了，她一個人煮，也不知道要煮給誰吃。楊晴娟盯著冰箱發了會呆，才從裡面拿出昨天的剩飯和今天買的雞蛋。

今天就隨便煮個蛋炒飯好了。

她開始熱鍋、倒油，將蒜頭剝開，下鍋爆香，蛋打下去，再將剩飯倒下去，煮了一盤簡單的料理，然後端到餐桌上吃了起來。

以前……新婚的時候，她第一個學會的，就是蛋炒飯，那時鹽巴加太多，明群依舊將它吃的精光……

後來，他忙碌到沒辦法回家吃晚餐。

怎麼會……在這個時候想到這個？楊晴娟捂住嘴，將盤子推開。

不是早就沒感情了？結果還是想起他……失去之後，才懂得珍惜，就是這個道理吧？

再也吃不下去了，索性早早休息，她隨意將蛋炒飯用另外一個盤子蓋上，她回到房間躺著，很快就入眠。

※　※　※

她是被聲音吵醒的。

楊晴娟醒了過來，眼前一片黑暗。

她在傍晚時就感到倦意，那時外頭還有點亮度，所以她沒有開夜燈就睡覺，現在既然黑壓壓的，外面也是黑暗，那是半夜囉？怎麼會在這時候醒來？

她的睡眠時間也被改變了？

突然從夢中醒來，楊晴娟不知要繼續睡下去還是起床，只能望著黑漆漆的天花板發呆，也不想動。

像是被包裹在黑暗中似的，時間、空間，都被凝結了。

窸窸窣窣……

第二章

恩？外頭有聲音？有人？

呱啦……喀啦……

這種感覺……有點像是先前她睡到一半，周明群半夜回來，為了不吵醒她，總是躡手躡腳。然而男人畢竟沒那麼細心，還是會發出點聲響，有時候她也會為這個爭執。

剛開始或許會體諒他工作忙碌，因而晚歸，但有了嫌隙之後，什麼都不對。

那……外面有聲音，是明群回來了嗎？

在夜深人靜、萬籟俱寂的時候？

楊晴娟夢遊似的站了起來，打開房裡的燈，走到門口，打開門扉，從她這個位置，可以先看到客廳，客廳的另外一側是餐廳，客廳關著燈，只有餐廳的吊燈打開，光線聚在餐桌，她朝餐廳走了過去……

一個臉部毀壞，一邊眼睛暴睜，另外一邊眼珠掉了下來的……的「人」坐在那裡！

楊晴娟整個呆住，心臟猛的一縮！手腳迅速冰涼了起來。

那個臉部左半側毀壞，只剩右邊算完好的臉，用他僅存的一隻眼睛看著她，而另外一個垂下的眼球，則以肌腱勉強支撐著，左半邊的臉完全爛掉，腐爛發黑，就像買到不潔的死豬肉，透露著灰黑的氣息……

而更詭異的是，他正用他的右手，拿著湯匙，裝了蛋炒飯，往他的口中送，而他的嘴巴……上下唇幾乎是腫脹的，並分別向上下翻，她可以清楚的看到他的牙齦和牙齒，嘴邊還有飯粒掉了下來。

一個……不知該稱不稱得上「人」的人，坐在她的家中，吃著她煮的炒飯？

這……這……

承受不住這畫面，楊晴娟暈了過去！

※　※　※

「晴娟……晴娟……」

一個女性的聲音，在她耳邊響起……

第二章

「晴娟……起床囉！」

楊晴娟張開眼睛，眨了眨，看到熟悉而明亮的天花板，她在她的房間，而她的眼前，是蘇麗珠。

她怎麼來了？

「珠姨？」她虛弱的叫著。

「妳怎麼這麼晚還在睡？人不舒服嗎？」蘇麗珠在床邊坐了下來，伸手摸了摸她的額頭。

「沒有呀！」她並沒有發燒。

「那就好，我在外面按電鈴，按了半天沒人出來，我就用妳給我的鑰匙先進來了。」

先前蘇麗珠就說過要上來住，而且她也有這裡的備份鑰匙，所以蘇麗珠可以自由出入家裡是正常的。

楊晴娟坐了起來，不知道自己睡飽了沒有，雖然說似乎睡了很久，但力氣卻很空……

「肚子餓了沒有？要不要吃點東西？已經快十二點了，我在外面巷口買了炒飯，一起過來吃吧！」

炒飯……

楊晴娟捂住嘴，想到昨天那幅景象……那張破敗毀壞的臉，還吃著她煮的蛋炒飯，就坐在她家的餐廳……簡直是個惡夢……

是夢嗎？

楊晴娟打了個哆嗦，那麼清晰、那麼鮮明的面貌，牢牢的印在她腦海，根本不像是假的，但又恐怖的不像是真的，人的臉如果毀壞成那樣，還能夠自由行走嗎？更不用說他的腦部是削了一半的……

楊晴娟想要嘔吐，卻只能乾嘔。

不願再去回想，她站了起來，到了外面，蘇麗珠已經把炒飯擺在餐桌上，除了蘇麗珠帶過來的飯食之外，並沒有看到她昨晚放置的炒飯。

第二章

「珠姨，妳有收過桌子嗎？」

「收什麼桌子？」

「桌上的東西……不，沒什麼。」她不想多說什麼，畢竟那件事是她的惡夢還是幻影？她並不清楚，再說為了免得被蘇麗珠認為她是精神有毛病，然後壓著她回臺中，她還是先別說。

「那就過來吃吧！」蘇麗珠將炒飯分了一半，放到她的面前。

看著眼前的炒飯，楊晴娟就想到昨晚的景象，她將飯推開，吃著另外買來的配菜。

「怎麼不吃？」蘇麗珠疑惑的望著她。

「我吃不下。」

「不吃怎麼行？妳已經夠瘦了，再這樣瘦下去，都只剩皮包骨了。」蘇麗珠心疼道。

「我吃小菜就好了。」

※　※　※

蘇麗珠來了之後，家裡多了點人氣，心態上，似乎也不太一樣了。

楊晴娟感到安心。儘管蘇麗珠現在不在，到附近的超市買菜，但知道有個人隨時會回來，總是比較安心。

臨走前，蘇麗珠曾經要她跟著一起走，但這陣子她總覺得倦怠無力、昏昏欲睡，只好婉拒她的好意，留在家中休息。

自己身體怎麼會變得這麼虛弱？她也不太曉得，明群的事給她打擊太大了吧？

哎……

既然是自己家，蘇麗珠又和她那麼親近，楊晴娟就在客廳裡休息，她望著天花板的吊燈，漸漸閉上了眼睛。

喀啦……刷……

她張開眼睛，看著天花板。

第二章

又來了。

那種聲音，就像有什麼人拖著腳，在天花板行走。但是蘇麗珠不在，她又在樓下，現在又是大白天，那個聲音是……

楊晴娟無法再閉上眼睛，她仔細聆聽著聲音。

喀啦……刷……喀啦……刷……

儘管現在是大白天，外頭有車聲，甚至傳來人講話的聲音，但她仍能從吵嘈之中，隱約聽見樓上有聲音。

不是錯覺，上次似乎也是這種聲音在樓上盤旋，是老鼠嗎？家裡會有這麼大隻的老鼠嗎？還是樓上有什麼……

心下懷著不安，有分恐懼，但自家出現這種聲音，又無法忽視，總不能等蘇麗珠回來之後，再請她去看吧？等她回來，聲音說不定就消失了。

晴娟坐了起來，朝樓上走去。

首先是預定的兒童房，左邊一間、右邊一間，左邊房間的隔壁是浴室，右邊這間隔壁是客房，上次是這間客房有臭味，那聲音是……

楊晴娟到了客房前，握住手把，旋轉……

咦？被鎖住了？

平常時候，她是不會鎖門的，家裡不過就兩個人，現在明群不在，只剩她一個，通常大門關好之後，她不一定會鎖房門，更何況是不常使用的房間。那這到底是怎麼回事？

心中充滿疑惑，楊晴娟忍不住再轉動幾下。還不開？她記得她沒有鎖上這道門，那，是誰鎖的？

上次不是還打得開嗎？這次為什麼不行？楊晴娟用力轉動兩下，怕是不是鎖壞掉……

「晴娟，妳在這裡做什麼？」一個聲音響起，肩膀上又被一拍，楊晴娟大叫了起來！

「啊！」

第二章

蘇麗珠捂著胸口，眼睛睜得大大的，心臟快要跳出來了。「妳在做什麼?」

「珠姨，是妳啊!」見到是蘇麗珠，楊晴娟鬆了口氣，同時她的心臟也在狂跳著，像跑了幾百公尺似的。

「妳在這裡做什麼?我會被妳嚇死!妳忘了我有心臟病嗎?」蘇麗珠也被她嚇了一大跳!

「我才被妳嚇一跳呢!」

「好啦!一人嚇一次，這樣公平了吧?」蘇麗珠撫平胸口，也不計較到底是誰嚇誰了。「不過，妳上來這裡做什麼?」

「我……上次上來時，覺得這裡面有臭味，所以我想看一下是不是有死老鼠?」她不好講是聽到聲響，免得被認為有幻聽。

「有死老鼠?那沒關係，晚一點我再來掃就好了。」

「沒關係，反正這間平常也沒人住……」

「什麼沒關係?家裡還是要保持乾淨整潔，我看我這兩天，先把妳這間屋子打掃一下，妳趁這兩天想想看，是要一個人住？還是跟我回臺中？」蘇麗珠還是沒放棄，想要把她帶到臺中。

「珠姨……」

「妳就別再堅持了，跟我住難道不好嗎？大家有個照應，欣怡也可以多個姊姊……」蘇麗珠拉著楊晴娟到了樓下，聲音逐漸遠去，她開朗而大力的腳步聲劈哩叭啦響，蓋過了悄悄地打開的房門聲……

※　　※　　※

蘇麗珠邊打掃著家中，心中正在盤算，該如何把她帶到臺中？

她姊姊就這麼一個女兒，嫁了人，有了歸宿，她這個做阿姨的也欣慰，如今周明群發生這種事，誰都感到遺憾……再說楊晴娟大概是受到了驚嚇，那孩子最近整個人病懨懨的，她不照顧她，誰照顧？

也難怪，周明群至今死生未卜，若不是真的翻臉到無情的夫妻，還是多少有點感情的。

哎！明群那孩子也真是的，如果沒事的話，就應該回來，要不然也要請人說一聲，老是讓人吊著心。

樓下打掃完了，開始往樓上打掃。

其實晴娟家也沒什麼好打掃的，他們家裡又沒小孩，活動範圍大部分又在樓下，頂多是有些地方蒙上灰塵罷了，用雞毛撢子清一清就可以了。清了兩間房間，蘇麗珠來到了客房。

咦？怎麼打不開？

被鎖住了嗎？又沒人住那裡面，那是晴娟不小心將它鎖上囉？工作做到一半，她是不會半途而廢的。

蘇麗珠到樓下廚房，在雜物櫃裡摸索了些。

「鑰匙鑰匙……啊！找到了。」找到了備份鑰匙，蘇麗珠回到了客房，將鑰匙插進去之後，打開。

味道……

蘇麗珠掩住了口鼻，將窗戶打開，仍驅散不了那股腥臭的味道，真的像楊晴娟所講，這裡有死老鼠，要不然味道不會這麼噁心。

可惡的老鼠，到底在哪裡？

蘇麗珠看到床上，有凌亂的痕跡，再看了看床底下，並沒什麼異狀，櫃子底下也沒什麼不同，她站了起來，看著擺在牆邊的衣櫃，大的可以容下成人，會死在裡面嗎？

會發出這麼濃烈的惡臭味，可見這隻死老鼠一定很大隻，蘇麗珠伸出了雙手，打開了櫃子——

外面的陽光將屋內一切照射的明朗清楚，同時也看到櫃子裡的景象，一個男子坐在裡面，衣著髒亂，十指交握，放在膝蓋上面，而這並不足以為奇，而是他的頭則滾在他的腰際……

那是顆毀壞的半個頭，左邊血肉模糊，但很明顯的，血跡已經乾涸，色澤腐敗，在乾涸的血肉當中，眼珠往下掉，而右邊的臉也好不到哪裡去，在這張臉上，翻掀起來的嘴唇，正露出陰森森的牙齒……

而原本應該屬於頭的部分，也就是脖子以上的部分，是空蕩蕩的，而現在那顆頭正在旁邊。

蘇麗珠眼睛張得越來越大、越來越大，而她的胸口卻猛然一縮……

「啊——」

※　※　※

「珠姨，怎麼了？珠姨？」

楊晴娟慌張的跑到了樓上，剛剛她在房間歇息，迷迷糊糊間，就聽到蘇麗珠的尖叫。

「珠姨？」她大喊著，沒有回應。

從大開的客房，楊晴娟可以很明顯的看到蘇麗珠躺在地上，她走了進去，在看到蘇麗珠的臉時，不禁尖叫起來——

「啊！」

楊晴娟站在原處，不敢上前。

那……那是珠姨嗎？臉色蒼白，像是抹上了粉似的，她的雙眸瞠大，嘴巴大開，表情……她的表情……

她的表情是恐怖的，像是看到了什麼可怕的景象，極盡所能的扭曲，楊晴娟從來不知道，人的表情竟然能呈現這般的情緒，不僅肌肉、神經都相當緊繃，連雙眸也充滿著駭然。

驚愕之後，她感到悲傷，蹲了下來。

「珠姨……妳怎麼了？珠姨……」她怯怯的伸手去搖晃她的身體，蘇麗珠沒有動彈，楊晴娟顫抖著伸出手，去探她的鼻息，卻唯恐那張恐懼的臉，會隨時活動起來。

沒有……呼吸？

珠姨她……沒有呼吸？

楊晴娟既恐懼又悲傷，她喊著：

第二章

「珠姨……妳怎麼了？珠姨……妳起來啊！珠姨……」她再度搖晃她的身體，卻害怕她隨時會撲過來……

她怎麼會有這種念頭？可是珠姨的恐怖死亡，卻令她害怕……

死亡？珠姨她死了嗎？

這個認知砸進了腦袋，楊晴娟才彷彿醒過來，似乎在這個時候，她才驚覺發生了什麼事，不禁悲嚎起來——

「珠姨？妳怎麼了？珠姨？妳……妳說話呀！珠姨！珠姨……」

楊晴娟搖著蘇麗珠的身體，激動的喊了起來，她悲戚的聲音令人憐憫，聞者為之鼻酸，觸動了現場，衣櫃的門，似乎悄悄打開……

第三章

「嗚伊……嗚伊……」

救護車來到了楊晴娟家前，救護人員將蘇麗珠送到救護車上，楊晴娟只能看著他們，幫不上忙。

「周太太，怎麼了？」

附近的鄰居聽到救護車的聲音，紛紛跑了出來，和楊晴娟住的最近的陳秀容上前詢問，其他人也聚了過來。

「珠姨……珠姨她……」她語不成詞，聲音哽咽。

「珠姨？就是最近住在妳家那個珠姨嘛！她怎麼了？」由於蘇麗珠為人熱心，短短兩天，已經認識了周遭不少鄰居，而陳秀容住的最近，首當其衝，最先和她聊天，所以跟珠姨也熟了起來。

第三章

「她……」

「是啊！到底怎麼了？」連錢太太也過來詢問。

「珠姨怎麼了？她出事了嗎？她……啊！」在看到裝在屍袋裡，被救護人員搬到救護車上的蘇麗珠之後，陳秀容驚訝的說不出話來。不禁陳秀容，其他和蘇麗珠有過接觸的人，也都相當訝異。

而楊晴娟不再回答，她上了救護車，跟著車子離去。

「這是怎麼回事？」

「怎麼又死人了？」

在周圍的鄰居，朝陳秀容聚了過去，對著離去的救護車指指點點，而在車上的楊晴娟，則是安靜不語，沒有講話。

珠姨死了……

怎麼會這麼？

情緒激昂過後，整個人如同虛脫，楊晴娟相當恍惚，到現在這件事到底是真是假？為什麼誇張到如同虛假？為什麼會這麼突然？為什麼她得再面對一次生離死別……

抵達醫院之後，楊晴娟什麼都做不了，只感到一陣混亂。醫護人員將蘇麗珠送進醫院，她被動的走了進去。

由於死者已經死亡，醫院方面除了驗屍之外，還向警方報案，而楊晴娟只能坐在外頭，半晌都沒有動靜。

「咦？晴娟，是妳嗎？」

一個驚訝的聲音闖進她的耳朵，把她從飄渺的世界拉了回來。

楊晴娟抬起頭來，迎上一張似曾相識的臉孔，這張臉，曾經在她的生命中出現，後來又消失，這時候突然出現在眼前，她感到一陣暈眩……

「國……國政？」

「對，是我！妳怎麼會在這裡？」方正爽朗的臉蛋，高大的身軀，卻有一張娃娃臉，跟警察剛硬的形象有點不太搭。

第三章

洪國政看到楊晴娟，相當訝異。

「你又……怎麼會在這裡？」楊晴娟看著這個曾經追求過她的男人，只是後來她選擇了周明群。沒想到他後來跑去當警察？

「有個婦人死掉，上面派我過來了解狀況，醫生說她的家屬就在這裡……」洪國政左右張望，只看到楊晴娟。「就是妳嗎？」他訝異的張大了眼睛。

「如果你說的是珠姨的話，就是我。」楊晴娟抓回一些意識，茫然的看著他。

「怎麼會？」洪國政怎麼也想不到，死者竟然和楊晴娟有關？「那……妳老公呢？」發生這麼大的事，周明群怎麼不在她身邊？

「明群他……」她的眼神一黯。

「他人呢？」看到舊情人孤單，沒人照顧，洪國政激動起來。

「他……也出事了。」

「啊？周明群……他怎麼了？」洪國政怎麼也沒想到會是這個答案。

楊晴娟低下頭，眼睛一熱。見她淚水在眼眶裡轉，眼看就要掉了下來，洪國政慌了手腳，連忙安慰：

「妳……妳別哭呀！別……」

楊晴娟抬起頭來，勉強收起了淚水，她道：

「有什麼事，你問吧！」

「呃……」洪國政反倒一時語塞，問不出來。半晌，他清清喉嚨，恢復專業。「妳可以把事情講述一遍給我聽嗎？」

「什麼事情？」

「就是……妳是怎麼發現死者的？」

楊晴娟消化了他的意思後，幽幽的看著他，那個眼神令洪國政心頭一擰，過去的情愫似乎還沒消失……

半晌，她開口了：

「我……我本來在樓下休息，珠姨她說……說要幫我打掃家裡，然後……然後……我就聽到她的叫聲，等到我到樓上一看，她……她就……」楊晴娟沒有落淚，喉頭卻哽住了。

「妳發現她的時候，就跟送來的時候，是一樣的嗎？」

楊晴娟點點頭。

「這樣啊……」

※　　※　　※

在洪國政了解狀況後，蘇麗珠的丈夫和女兒接到通知，都趕過來了，他們和楊晴娟在講話，了解狀況，蘇麗珠的丈夫，哭得比女兒還兇，楊晴娟和蔣欣怡還得不斷安慰他，而洪國政則和醫生在一旁談話。

「怎麼會有人……死的時候，是那種表情？」洪國政見到蘇麗珠死時的表情，盡是疑惑。

「是啊！我也覺得很奇怪，通常生病或是死亡的痛苦，並不會如此。你看她的表情，像是充滿驚嚇，這倒令我想起一部電影……」醫生還沒說完，洪國政就接下去了：

「就是那部有人從電視裡爬出來的那一部嗎？難不成她也看到……」

「你不是警察嗎？也信這個。」邱信哲瞄了他一眼。

「我……我只是猜測，又不是定論。再說，你不也是覺得她死得很奇怪，才找我過來？」洪國政有時候處理案子常往醫院跑，和邱信哲早已熟識。而邱信哲如果碰到可疑的死因，也是直接找他。「那她的死因呢？」

「確定是心臟麻痺，死者本來就心臟功能不好，但還不至於到立即死亡的地步，但如果有什麼刺激的話，就說不準了。」邱信哲話有玄機。

「這樣啊……」洪國政沉思起來。

他剛剛看過死者了，六十多歲的老婦人，面露驚駭，表情扭曲，而她那一雙眼……根本沒有闔起來，而她的眼神太過駭人，不論是她的眼睛、或是嘴巴，都張得極大，像是受到了什麼驚嚇，立即死亡。

「自然死亡是沒什麼問題，但如果是什麼原因誘發自然死亡的話，那就是你們警察的事了。」

「嗯……」洪國政看著楊晴娟，很難想像。

他的舊情人……會是殺人兇手嗎？

不、不會的！但這麼多年沒見了，她會變了嗎？仔細打量著她，除了多了幾分成熟的韻味外，她並沒有和以前有什麼不同。那纖弱的樣子，任誰看了，都忍不住湧起保護慾吧？

如果這起案件真的跟她有關的話，那只能說，她偽裝太成功了。

※　※　※

「姨丈，對不起。」看著蔣建豪，楊晴娟感到十分抱歉。

「麗珠她……麗珠她……」蔣建豪只能喚著妻子的名字，難過的說不出話來，看他們夫妻鶼鰈情深，楊晴娟百感交集。

「這是怎麼回事？我媽媽她……怎麼會這樣？禮拜天的時候，她明明還好好的，怎麼會沒過兩天，她就走了！」蔣欣怡無法接受母親突然逝世的消息，將怒氣發洩在楊晴娟身上。

「欣怡，我……」

「說啊！是不是妳對她做了什麼事？」蔣欣怡氣不過，伸手推了楊晴娟一把，楊晴娟身體本就孱弱，禁不起她一推，眼看就要倒地，一個手臂適時的扶住了她。

「妳沒事吧？」洪國政阻擋了楊晴娟可能會有的傷害，對蔣欣怡道：

「蔣小姐，請妳客氣點。」

「我在跟她說話關你什麼事？你什麼都不知道！」蔣欣怡叫了起來！適逢喪母又向來嬌貴的她，情緒相當不穩。

「欣怡，別這樣！」蔣建豪強忍悲傷，站了出來。「晴娟，欣怡還小，突然發生這種事，大家難免心裡難過，妳不要介意。」

「我知道，我不會怪她的。」

蔣欣怡被父親推到一邊，眼底含淚，惡狠狠的瞪了楊晴娟一眼。

「我知道麗珠的心臟不是很好，也一直有在吃藥，我以為她那個慢性疾病，

第三章

只要看醫生吃藥就好，根本沒注意，她會這樣子……其實也不算意外，只是走得太突然……」他收住淚水。「只是……麗珠為什麼會死得那麼奇怪？」

「奇怪？」

「對啊！她的眼睛一直打開著，表情也……」蔣建豪收起悲傷的淚水，大惑不解。「好像她看到了什麼……」

不由自主的，她想起那天晚上，坐在餐桌前，在昏暗的燈光底下，吃著那盤炒飯的……

「不知道。」她打了個哆嗦。

「晴娟，妳不知道麗珠發生了什麼事嗎？」

「對不起……」她只能搖頭，極力將腦海裡的景象撇開。

「這樣啊……」蔣建豪失望的低下了頭，隨即又抬了起來：

「對了，晴娟，我知道麗珠到臺北，是住妳那邊，現在她發生這種事，妳家裡應該還有些她的東西，我想……去把它拿回來好不好？」屬於妻子的東西，他要帶回家。

「好。那……現在走嗎？」

「嗯。」

「你們要回去？」洪國政開口了。

「不行嗎？」蔣欣怡口氣很衝，被蔣建豪瞪了一眼。

「欣怡！」

蔣欣怡被瞪，不服的撇過頭去。

「我的意思是，你們幾個的情緒都不太穩，不如我送妳們吧！」洪國政做了決定。

「這……」楊晴娟看著他，有些遲疑。她知道洪國政是特地幫她，只是，她能接受嗎？

「已經傍晚了，妳們幾個坐我的車，不是比較安全？」醫院外頭，夕陽已經垂下，掛在高樓大廈之間，像要被吸入城市之間。

第三章

※　※　※

楊晴娟接受了洪國政的好意，搭著他的車，和蔣建豪父女倆一起回到了家。有人接送的話，倒也方便，何況她已經沒有多餘的心力，去應付雜事，這個時候的確需要有個人在旁邊。

車子停在大門口，洪國政下了車，抬頭看了一下這間透天厝，是他的錯覺嗎？有間房間原本是明亮的，燈光頓時熄滅……

看錯了嗎？

楊晴娟下了車，推開位於庭院的大門，一般來說，庭院的大門只是虛掩而已，真正的防衛是在裡面的鐵門。她掏出鑰匙，打開鐵門，蔣建豪和蔣欣怡跟在後頭走了進去。

洪國政還在外頭，打量著周圍。

「你要進來嗎？」楊晴娟見他站在外頭，開口邀請。

「我？我可以嗎？」洪國政受寵若驚。

「進來吧！」再怎麼說，洪國政也幫她的忙，再加上洪國政的個性耿直，楊晴娟甚是放心。

「喔！謝謝。」

洪國政進到屋子，看到這間收拾乾淨整齊的房子，大概是時近用膳時分，附近鄰居傳來電視和講話的聲音，反倒顯得這間屋子空曠，只能吸取周圍的人氣來使之熱鬧。

楊晴娟領著蔣建豪還有蔣欣怡，走到周明群的書房。

「珠姨的東西在這裡。」楊晴娟打開了書房，裡面有張沙發床，倒也方便，蘇麗珠這幾天都住在這裡。

「嗯。」

「還有她帶來的保養品、衣服，都在這邊。」楊晴娟指著旁邊的衣架。

「好。」

蔣建豪忍著悲傷，進到房間裡，楊晴娟協助他將蘇麗珠的衣物，放到她帶

第三章

過來的行李袋，而蔣欣怡則在一旁看著他們做事。

洪國政看到書房裡的電腦，雖然螢幕是黑暗的，但底下的顯示燈卻是打開著的，這表示電腦處於休眠中。大概是離開時太匆忙，忘了關吧？洪國政看著正在跟蔣建豪低語的楊晴娟，心裡盤算著，如果蘇麗珠在樓上死掉的話，他應該去看一下。

「我借一下洗手間。」洪國政跟楊晴娟招呼著。

「在廚房旁邊，那個小門就是了。」除了收拾衣物，楊晴娟還跟蔣建豪在談其它話，沒空去理會。

「嗯。」

離開書房之後，洪國政來到了主臥房，推開房門，床上還掛著楊晴娟跟一個男人的婚紗照，是周明群。

很奇特的感覺，這個搶了他女人的男人，竟然也不在了？

這是什麼契機嗎？還是……甩甩頭，他認為自己想太多了，他和楊晴娟注定無緣成為夫妻，他也不應該妄想。

沒什麼異樣，廚房、廁所他都巡過了，這次來到二樓。很簡單的規劃，兩間房間的壁紙都是卡通系列的，明顯是兒童房，裡面連床都準備好了，還有衣櫃與書架。

簡單看了一下，他來到另外一間房間……

鎖上了？

洪國政動了動手把，沒有動，他記得楊晴娟說過蘇麗珠是在樓上打掃，她是聽到聲音，才趕到樓上的。剛才兩間房間看起來相當正常，沒有異常，那會是這間房間嗎？

不過房間鎖住了，他沒辦法進去。這難不倒他，他的身上帶著些工具，以備不時之需。

比如說，這時候。

利用一根隨身攜帶的小巧鐵絲，他打開了鎖，喀擦一聲，鎖打開了。

第三章

蘇麗珠一定還沒有打掃好就出事了，空氣中泛著腐敗的味道，鑽進人的鼻孔，令人不是很舒服，即使窗口有打開通風，還是無法驅趕所有的味道。

他走了進來，環視四周。

仍是簡單至極的陳設，床鋪、書桌、衣櫃，由於偌大的屋子只有楊晴娟一個人居住，有些地方忽略也是正常吧？

他走到窗口，拿起口袋裡的菸，點了火，抽了起來。

尼古丁的味道飄散在空中，他將煙吐出外面，沒有注意到，後頭有一隻眼睛，正盯著他看……

「國政……你在這裡啊！」一個女性的聲音傳了過來。

被逮到正在抽菸，洪國政有些狼狽，他趕緊伸手揮揮空中，希望能將煙味打散。

「是……是啊！」他有些不好意思。

「你怎麼到這裡來了？」

的意圖。

「就……隨便看看，想找個地方抽菸。」他找了個彆腳的理由，掩飾自己

「如果你想抽的話，請到陽臺去，明群他不抽菸，我們家也沒有菸灰缸。」

「喔，抱歉抱歉。」洪國政乾脆捻熄煙火，走了出來。

「等一下麻煩你帶我姨丈回去醫院，他們還要處理一些事情。」

「那妳呢？」

「嗯？」

「我的意思是，這麼大一個房子，就妳一個人住？妳不會怕？」

「沒關係，我習慣了。」周明群去上班的時候，她也幾乎都是一個人，何況最近，她都是與自己為伍。

「喔……」洪國政不知道要怎麼說，也不知哪來的衝動，他拿出一張紙，抄下自己的手機號碼。「這個給妳。」

「唔？」

「如果有什麼緊急事的話，可以打電話給我。」洪國政沒辦法見她一個獨處，總覺得她需要照顧、呵護，但又不好太明顯，只能給她他的聯絡方式，希望她能找他。

「喔……」楊晴娟也不知道要不要接受，手裡拿著手機號碼，有些尷尬。

「他們都準備好了吧？那我先帶他們走了。」

※　※　※

又剩她一個人了。

楊晴娟待在客廳，坐在沙發上發呆，連電視都沒有打開，整個人彷彿只剩下軀殼，裡面已經空了。

周明群消失之後，她一直都是孤零零的，雖然珠姨有來陪她，但現在死了，蔣建豪、蔣欣怡和洪國政有進來過，但他們都離開了，而洪國政留給她的那張紙條……楊晴娟看著上面的號碼。

他的號碼一直沒變，他的情也一樣嗎？

楊晴娟失笑起來，都這麼久了，當初也是她放棄他的追求，投向另外一個人的懷抱，現在，又怎麼能要求他守著她呢？說不定他早就娶妻生子了。

現在她能依靠的胸膛，也消失了……

很久很久之後，她才覺得飢腸轆轆。

肚子在翻攪、在滾動，是餓了吧？卻沒有想吃的欲望，但是她知道，如果不吃點東西的話，身體會垮的。再怎麼樣，還是要逼自己吃點東西。

這是珠姨交待的，她得完成珠姨的心願。

楊晴娟將電話號碼放在口袋，站了起來，到廚房打開冰箱，隨便拿起裡面的甜點起來，這應該是蘇麗珠準備的吧？

她吃得極其緩慢，一口一口慢慢咀嚼。

刷……刷……

又來了。

又是那種讓人心惶的聲音，楊晴娟嚥下嘴裡的蛋糕，仔細聆聽，沒有錯，

第三章

聲音又來了。

這次的聲音不太一樣，有些急促，甚至有拍打的聲音，又是……從樓上來的。

樓上，到底有什麼？

這次楊晴娟下定決心，決定把聲音來源探個清楚。

她站了起來，小心翼翼，不發出任何一點聲音，甚至連電燈都沒有打開，一切全憑她對家裡的熟悉，緩緩的步上樓梯，心中默數梯數，來到了處於黑暗中的二樓，靜靜聆聽。

※　※　※

「嗚嗚……嗚嗚……」

然後是拍打聲。

真的有異響，在這個原本不該有聲音的二樓裡。

楊晴娟慢慢的前進，謹慎的不發出一點聲音，來到了聲音傳出的房間，是那個會有臭味的房間。

聲音跟臭味……有關係嗎？

楊晴娟握住門把，緩緩的移動，這次門把沒有鎖住，她順利的推開，然後……看到一個人……坐在地上……

是人嗎？

她只看到背部，而屬於頭的部分，什麼也沒有，而頭，正在那個「人」的手中玩弄，或著說，他正在擦拭那顆頭顱，只見那一雙手不停的拿著衛生紙，擦拭著兩隻眼睛。

這是……什麼？

楊晴娟渾身僵硬，恐懼爬滿了全身，卻又無法動彈，甚至無法眨眼，只能看著眼前的景象……

一個不小心，他將自己的眼珠推了出來，然後手忙腳亂的，將眼珠硬塞回原本的眼眶，不過似乎是塞太進去了，眼珠子深深凹陷，看到一個窟窿，比起

第三章

剛才也好不到哪裡去。

他拿著頭顱，想要往自己的脖子上放，卻怎麼也放不好，好不容易喬好位置，那雙手拿著膠帶，開始纏脖子，有些腐爛的肉因而擠壓出來。

楊晴娟快吐了。

纏了幾圈之後，脖子算固定住了，再來是修正自己的腳，因為他的右腳，呈不自然狀況向上折毀，就像是被小孩子玩壞的機器人，關節部分任意扭動，然後玩壞了，而他正在讓腳恢復成正常的狀態。

撐著另外一隻沒有壞掉的左腳，他站了起來，試試自己的右腳，然後很滿意的樣子。

他走了兩步，忽然往門口望來——

他看到她了！

楊晴娟鬆開門把，渾身顫慄，向後退了兩步，而他看到了她，先是一愣，隨後拖著無法跟上行動的右腳，走了過來……

他漸漸逼近，伸手打開房門……

隨著他的逼近，楊晴感到身體越來越僵硬，如同石化一般，直到房門被推開的那一剎那，她才驚醒！轉身拔腿就逃，靠著窗外的路燈，她勉強認出樓梯的位置，快速的跑到底下，同時，身後也傳來追逐聲！

不、不要！

淚水狂瀉了出來，那是恐懼、驚駭的淚水，楊晴娟踉踉蹌蹌，幾次都要從樓梯上跌了下來，虧得她扶住牆壁，才沒跌個腦袋開花！

等到她到客廳，燈火通明，但她無法待在家裡，往門口衝去。

該死！門怎麼打不開？她的手握著門把，想要開鎖，手指卻不聽話，不斷的顫抖著……開呀！快開呀！

一個力量放在她的肩上，她轉了過來——

那顆用膠帶纏住的頭，那張毀壞半邊的臉蛋，那雙被塞到太裡面而只剩窟窿的眼珠，還有迎面撲鼻的臭氣……那些味道開啟了她的記憶，她知道，他一直住在她的家中，他和那些味道，一起存在著。

無法克制，她大叫了起來——

「啊——」

第四章

她整個人陷在黑暗中，無法動彈。

怎麼會這樣？是從什麼時候開始的呢？世界彷彿只是她的想像，她本來就被凝結在這黑暗之中……

張大眼，看著前面，分不清是在夢中還是現實？

眨眨眼，再眨眨眼，意識開始清晰，腦筋開始活絡，事情是什麼時候發生的？差不多是洪國政送蔣建豪他們離開之後……對，在他們離開之後，她又一個人，在這間偌大的房子裡了。

這間房子……還有別人跟她一起住……

全身的寒毛全豎了起來，冷風從毛細孔灌入體內，楊晴娟驚懼的看著眼前，即使在黑暗，她仍可以靠著外頭滲透進來的燈光，看到她的面前，正站著一個人形！

那顆頭顱彷彿歪了些，他重新將它擺正，左邊的肩膀也歪斜著，似乎骨頭脫離原來的位置，只剩下肌肉拉住整隻手臂，他用右手將它重新卡好位置，就像拼裝機器人似的，似乎毫無痛苦。

楊晴娟緊閉著雙眼，希望能再掉入黑暗……

「呼……娟……晴娟……」一個含混不清的聲音，傳到她的耳朵，那聲音像是喉頭有許多痰似的，都是虛弱的氣音，在叫著她的名字，楊晴娟更是不敢動彈，恐懼讓她的子宮感到一陣收縮……

「……娟……嗚……娟，是我……」

隱隱的，傳來了哭泣聲，從那顆已經破碎，再接回去的脖子中，發出了聲音，楊晴娟微微張開眼睛，看到他黝黑腫脹的手，正摀著臉，他的眼皮彷彿失去了功能，蓋不起來。

「……我……是我……我是……明……明群……」

什麼？

楊晴娟頓時睜大了眼睛，看著眼前這人不人、鬼不鬼的……不知道該稱做什麼的怪物，竟然說自己是明群？

「嗚……晴娟……我……我是……明……群……」

「明……明群？」她開口了，聲音卻比他更難聽。

「對，是……是我……」周明群將脖子喬好位置，讓聲音能夠順暢的發出來。

「你……怎麼會是明群？」他能講話，楊晴娟也大著膽子與他溝通。

「我是，我真……的是……」見楊晴娟沒有再被他嚇昏，周明群欣喜，上前了一步。

「你不要過來！」楊晴娟尖叫著！將身上的棉被往頭上蓋。

沒有動靜，卻聽到奇怪的呼嚕聲音，楊晴娟偷偷將棉被拿了下來，眼睛底下都蒙在被子裡，她看到周明群——如果他真的是周明群的話——站在離她

第四章

的床邊有十步遠。

如果不去想那樣恐怖的樣子，他那模樣倒有幾分委屈，但是他的樣貌實在太為駭人，楊晴娟將棉被蓋到頭上，看不到他的樣子，她才敢放開些微顧忌，大著膽子道：

「你……你真的是明群？」她抖著聲音。

「是我……」還有奇怪的呻吟，像是哭泣。

「你怎麼……會變成這樣？」

「我……我也不知道，呼……」他突然斷了聲音，楊晴娟拉開棉被，偷偷看一下，他正在調整脖子上的膠帶，似乎頭又歪了。

「你……那天我們吵架後，你到底去了哪裡？」見他沒有傷害性，楊晴娟膽子又大了些。

「那天……那天我出去……後……」像是調整對了位置，聲音突然順暢了起來：

「心情不好，就想開車到桃園，結果……下了大雨，地上又滑，那臺車子就……就撞到了山壁……」想起當初的狀況，他心有餘悸。

「可是他們在現場，卻沒有看到你。」

「我知道……撞到山壁後，我就知道我不對勁……我的骨頭斷了，斷在這裡……」他摸摸脖子後頭。「可是我還活著，那種感覺……很奇怪，頸子明明斷了，為什麼……還能活著？所以我逃了……」

楊晴娟可以明白，如果他停留在現場，恐怕會被當怪物吧？

只是他現在站在家裡，她也不好受……不是她不讓他回來，而是她沒有想過，周明群竟然是以這種方式回家？

「你……你什麼時候回來的？」

「大概是……一個禮拜前。」

原來……這一個禮拜，她都跟他一起生活？他身上的服裝，的確是那一晚出去時穿的。

第四章

楊晴娟打了個哆嗦。

那些聲音、那些惡臭……都是他的，從大雨紛飛的車禍現場回來，身上盡是泥屑和土塊，難怪有時候她覺得家裡怎麼都掃不乾淨？還有二樓的聲音，是他發出的吧？

所有的不合理，都有了解釋，楊晴娟想起……

「你在半夜吃我的炒飯？」莫名的，她想起了這一幕。

「……對。」周明群用他腫脹黝黑的手，搔了搔頭。好不容易調好的位置又動到，他趕緊扶正。

「你幹嘛吃我的炒飯？」她脫口而出。

「那是妳炒的，我想吃……雖然現在吃東西沒什麼味道……其實也不餓，可是……我想吃妳煮的東西……」

楊晴娟默然了。

她的丈夫，一個毀壞不成人形的丈夫，在半夜吃著她炒的炒飯，那畫面的震撼還存在於心，只要一想起，心臟就加速跳躍，情感與情緒在大腦衝擊，她有些暈眩。

「珠姨的死……跟你有沒有關係？」她想起珠姨死亡時，那恐怖的表情。

周明群沒有講話。

楊晴娟再把棉被拉低一點，以便清楚接收他的聲音。

半晌。

「我……我不是故意的……」他的聲音有著悔恨。「我躲在櫃子裡……就是怕被人發現，可是……可是……」他情緒激動起來。「她打開了櫃子……我什麼也沒做，真的，什麼……也沒做……」說話與呼吸的氣音相當激動。「我不是故意的，真的……」

楊晴娟感到相當無力，周明群現在的恐怖狀況，連她看了都受不了，更何況是年過半百，有著心臟慢性疾病的蘇麗珠。

活活被嚇死，這恐怕是誰都想不到的。

第四章

「你……為什麼要回來？」她的喉嚨好乾。

「這裡是我的家……呼……我當然要回來，呼呼……」周明群有些激動，聲音從喉嚨之間露了出來，雖然有膠帶綁住，但仍無可避免的溢出：

「難道……讓妳……和……洪……國政……在一起嗎？」聲音飽含妒忌。

他看到了？

對了，他一直在家裡，她做什麼他都知道，她根本無所遁形。

「你在胡說什麼？我跟國政根本沒關係。」她急忙撇清。

「妳……妳還……叫他名字……」越急，話越說得不順暢，休休的氣音不斷溢出來。

「我只是在醫院時碰到他，跟他根本沒關係……你可以不要過來嗎？」楊晴娟將棉被蓋到頭上，看不到他，她會比較好一點。

「真……的嗎？」周明群仍是充滿質疑。

「真的假的，你應該很清楚，你這幾天不是都在家裡嗎？」隔著棉被，楊晴娟大喊了起來。

是啊！這幾天，他在看著她，她做什麼，他都知道。

他的妻子，一個人生活，一個人吃飯，一個人發呆，他雖然心痛，也無可奈何，要不是他在懊悔被蘇麗珠發現，發出聲響，她應該也不會發現他吧？

他本來是想，只要偷偷的在她身邊就好……

「我……呼呼……好……」

※　　※　　※

那是個很奇怪的窘境，楊晴娟躲在床上，用棉被蓋著頭，不敢看著他，而周明群知道自己的恐怖狀況，也沒有再前進，兩人之間，誰也沒有再開口，各在一方。

就如同婚姻一樣。

楊晴娟緊張的躲在棉被裡，最後聽到開關的聲音，門口有光從棉被外面透到裡面，她知道，他打開了燈，然後在客廳裡翻找東西似的。

第四章

「明……明群……」她緊張的叫著。

「嗯……呼嚕……什麼事?」不知是不是脖子斷掉，連帶氣管也分開，所以就算用膠帶接合，聲音還是難以清楚表達出來。

「你……你在做什麼?」他想對這個家做什麼?

「我……我在黏……手指……呼……」

「什麼?」楊晴娟將棉被拉了下來，周明群不在門口，人在客廳，楊晴娟在主臥房裡，隔著門口對話。

「我……我的手指……呼嚕……掉了……」

「你……你在用什麼黏?」

「三秒膠……好了……」

他在外頭黏他的手指?又用膠帶纏著他的脖子?那下一步怎麼辦?要用針線縫他的大腿嗎?楊晴娟無法想像，周明群這樣一個不知是死是活的人，要怎麼過日子?

「明……明群？」她再度叫著。

「什麼……事？」

「你到底……是死的還是活的？」楊晴娟知道這個問題很難發問，還是問出口了。

外頭只有一陣沉默，接著：

「我……我也不知道……我……我還有意識，我還可以思考，還可以動，可是……不會痛，手斷掉，不會痛……頭斷掉，也不會痛……我……我……」似乎是哭泣聲，但氣音混在裡面，她得費更大的精神，才能聽清楚他的話。「我……好像……還沒有……完全死透……」

楊晴娟啞然，沒有死透，比起死亡更加痛苦吧！

「那你現在……打算怎麼辦？」

「我……我不知道……我哪裡都不能去，這裡是我的家，我……我要留在家裡……呼嚕嚕……」

「那……你可以不要在樓下嗎？」楊晴娟提出了要求。

「什……什麼？」

「你現在這個樣子，我會怕……」楊晴娟捂住臉蛋，淚流了出來，我沒有辦法……面對你，對不起……對不起……」這個家是他和她共同撐起來的，如今他發生了這種事，她卻沒辦法和他共進退，她也感到很抱歉。

「妳不想看到我……」周明群失望的聲音傳了過來。

「對不起、對不起……」

「我……我知道了。」

※　※　※

周明群留在家裡，在楊晴娟的要求下，住在樓上，從原本的夫妻關係到，目前的室友關係。

楊晴娟答應提供他需要的物品，像是電腦、書籍等，周明群全都帶到樓上去，至於樓下，則讓楊晴娟有自己的空間。畢竟每次都看到那樣駭人的畫面，楊晴娟只感到既恐懼又噁心。

即使想起來他的模樣，楊晴娟仍感到反胃，她在浴廁裡又吐了起來。

「妳不舒服嗎？」

聲音傳了過來，楊晴娟下意識的往後看，正好見到周明群在樓梯口，右手扛著他斷掉的左腳，而左腳還壓著他的脖子，他顯然是利用左手扶著牆壁，然後利用右腳跳了下來。

楊晴娟迅速轉過頭來，對著水槽大嘔，背對他驚惶道：

「你……你怎麼下來了？」

「對……對不起，我的腳斷了……呼……呼嚕嚕……我是來問妳，有沒有膠帶，可以……呼……把它黏起來……呼呼……」

「膠帶？我等一下放你門口好嗎？」

「好……哎呀……」隨即一陣物體碰撞落地的聲音，楊晴娟知道一定是他出事情，明知不該回頭，卻仍忍不住轉了過去……

第四章

周明群的身體跌在樓梯口，脖子上的膠帶被滲出的黑色分泌物濡濕，早已失去效用，頭跟身體是分家的，而左腿則掉到一邊，他的右腳則呈朝天的狀況，似乎無法動彈。

見到這副景象，楊晴娟竟然無法將視線轉移，而周明群的頭顱見到她在看他，轉了過來，毀壞半邊的臉上有著歉意。

「對……對不起……」

她聽不到他的聲音，不過可以從他的嘴唇讀出他的意思，楊晴娟無法忍受，回過頭抱著水槽乾嘔。

後面乒乒乓乓的，楊晴娟利用眼角餘光，去看他做什麼？

周明群的雙手，努力爬起來，拖著身體，去找他的頭，放在脖子上，然後一手拿著他的左腿。

「我……我先上……上去，等一……下……下……妳拿膠帶……不，妳拿……針線……好了……我把頭縫起來……妳……妳可以……幫我縫嗎？」周明群提出了要求。

這這這……

老天！

楊晴娟回過頭，繼續抱著水槽嘔吐。

※　　※　　※

楊晴娟沒辦法忍受，有時候會看到他肢體脫離的狀態。有時會不小心頭掉了下來，有時是手，或著是……手指？

拿著買好的文具，楊晴娟站在客房外頭，沒有進去。

她正準備敲門，告訴周明群，她已經為他準備好膠帶、膠水、三秒膠……卻在門口，看到一個手指，而且手指像毛毛蟲似的，還在蠕動……

他又怎麼了？不是斷這個就是掉那個？

楊晴娟強迫自己忘記這畫面，然後深呼吸，敲了敲門。

「明群。」

「什麼事？」

「你的手指頭……在外面。」

「喔！原來在那裡呀！」

冷不防的，門被打開，一張毀壞的臉映入她眼簾，即使楊晴娟閉上了眼，但那毀壞的臉龐已刻印在她腦海，更不用講兩顆被他亂塞，沒有喬好位置的眼珠，在恐怖的臉上擺個鬥雞眼……還有他身上發臭而令人作嘔的味道，讓她退避三舍。

明明知道他是這個樣子，卻還是無法接受。

「你……在做什麼？」

「剛剛在……找手指頭，原來在外面……」見到了手指頭，周明群想要彎腰去拿，卻怎麼也拿不起來，他伸手將兩個眼珠喬好位置，焦距集中之後，才有辦法視物，拿起右手的小指指頭。

「你到底怎麼了？為什麼器官一直掉？」楊晴娟索性轉過身去，面對牆壁。

還好周明群雖然外表恐怖，個性還是和生前一樣，只要不看到他，倒也相安無事。

「我也不清楚，不過……我的身體好像一直敗壞……不是掉這個，就是掉那個……現在除非縫起來，要不然恐怕還會掉。」周明群明白如果他再用膠類的東西黏住的話，還是會被他身上滲出的黑色體液濡濕，而後還會掉下來。最好的方式，就是像他的頭一樣，把身體縫起來。

「你要想辦法，不要讓它再掉了。」

「要不然……」他可憐兮兮的。「妳幫我縫？」

「不要！」她尖叫了起來！

「我就知道。」周明群嘆了口氣，他也知道自己的恐怖狀況，連他自己都不太想看鏡子了。以前他雖然不是什麼大帥哥，好歹也人模人樣……「把妳的東西給我好嗎？」

楊晴娟背對著他，將手上的文具全部交給他，然後趕緊下樓。

第四章

周明群望著她離去的背影，嘆了口氣。

回到房間，周明群用膠帶纏住小指，然後用剪刀剪開多餘的部分，而原本斷掉的小指，又可以跟身體連結，然後繼續活動了。

他一直不清楚，他到底介於什麼狀態？

即使手腳分開，但他的腦袋仍有意識，能將他們拼湊回來，等到拼裝成功之後，器官的功能仍然存在，縱使身體不斷腐壞，卻還能使用。

會不會等到他爛掉，他的靈魂，仍困在這個軀體裡面？

周明群打了個冷顫，不明白這種事情，為什麼會發生在他身上？

如果說，當初馬上死亡，沒有了意識，就從此忘了這世上的一切，或著是，靈魂有個地方歸去，不論是天堂或是地獄，至少有個歸依，而不是眷戀這個腐敗的肉體。

這樣的肉體，只會讓他帶來困擾。

※　　※　　※

楊晴娟將垃圾筒的垃圾集中起來，準備拿到外面去丟。他們這裡的傾倒時間在傍晚，她得在那之前把垃圾清空。

上二樓之前，她得先看看周明群有沒有離開房間？

還好，他不在，應該在房間裡面，而垃圾筒在外面，她必須將裡面的垃圾倒走。

就算周明群不用吃飯，也會製造出垃圾，他在房間裡面生活、上網，有時也會有些雜物出來，而且他拿出來的垃圾味道都相當難聞，所以她都必須屏息，將垃圾袋綁好，免得味道露出來後，才敢呼吸。

這次又不知道是什麼了？黑黑白白的東西，還濕濕的感覺，即使她屏息，氣味還是刺激著她的鼻腔。

楊晴娟包好垃圾，往樓下走去，連同她原先打點好的垃圾，準備拿到外面去丟。

走到庭院，準備打開大門，背後傳來急促的腳步聲——

第四章

「晴娟，等一下！」

周明群打開內門，那顆壞了半邊的頭，因為腐壞的關係，已經有蒼蠅飛了上去，他的眼珠兩顆都掉在外面，來不及塞進去，可見相當急迫，楊晴娟見狀叫了起來！

「你在幹什麼？快進去！」

「喔……」

雖是傍晚，但因為倒垃圾的關係，已經有不少人出來，楊晴娟怕周明群被見到，連垃圾也不顧了，連忙把內門關起來。

而在裡面的周明群，則拍打著門叫道：

「晴娟，等一下！先別倒垃圾，等一下！」

「做什麼？」楊晴娟仍是背對著他，她只要看到他，或聞到他的味道，就會忍不住想吐。雖說和他這個形貌已經共同生活了幾天，但她的身體還是無法適應。

「我的腳趾頭可能在裡面，快把我的垃圾還我。」

「什麼？」楊晴娟呆住了。

不得已，她只好將原本從他房間拿出來的垃圾遞給周明群，自己站在庭院裡，聽著後頭翻找垃圾袋的聲音。

隨著垃圾車音樂聲的逼近，附近的人也出來了。

「你好了沒有？快點！」楊晴娟催促著。

「再等一下……啊，有了！剛剛我在擦身體流出來的東西時，不小心把腳趾頭拔下來，因為不痛，所以沒有注意就把它丟掉，現在才想起來。呵呵……還好找到了。」

聽到周明群的笑聲，嘶啞而且發出咻咻聲，楊晴娟只感到憤怒。

「到底好了沒？快把垃圾還給我！」

第五章

怎麼會讓他跟她一起同住？而且還是這個要死不活的狀況？

楊晴娟推著賣場的手推車，腦筋卻還留在家裡。也不知道自己為什麼會讓他留下來？一方面是因為恐懼吧？不敢拒絕他的要求。再者，這個房子是他買下來的，他有權利住下來。

至今為此，倒也相安無事，她提供他生活所需，而他也認分的待在樓上，沒有到樓下來吵她。

嚴格來說，他算是個好室友。

這樣比起她每天得面對他那恐怖的樣貌，好太多了。每次想起周明群現在的模樣，她就感到反胃。

最近老是不舒服，食慾也不好，有時還會感到腰痠背痛，平常也都懶洋洋的，趁今天精神比較好，她上街購物，順便補一下民生物品。楊晴娟瀏覽著架上的商品，將所需的物品搬了下來。

「周太太，妳也來買東西呀！」一個聲音從後面響起，楊晴娟往後一看，陳秀容從後頭走了過來。

「高太太。」她打著招呼。

「好巧，在這裡遇見妳，妳買什麼呀？」陳秀容是典型的三姑六婆，見到楊晴娟的手推車內擺著滿著物品，好奇的上前一探。「妳怎麼買這麼多衛生紙？」平常買一、兩袋就已經夠用，她買了三、四袋？

「呃……剛好特價，就多買一點囤積。」楊晴娟解釋著。

事實上，是周明群的身體，尤其是斷過又縫合的部位，常常分泌出腥臭的黏液，洗也洗不完，二樓的廁所洗臉臺還因為這個緣故而堵塞過，所以周明群只好用衛生紙不斷擦拭，一天就要用上兩、三包衛生紙。

「這樣啊！妳搬得動嗎？」

第五章

「我可以搭計程車……」家裡唯一的車已經撞壞，她又不會騎摩托車，所以平常都是坐公車，必要時才坐計程車。

「哎呀！不用了，我老公開車來，等一下妳坐我們的車子就好了。」陳秀容熱心的說著。

「這……不好意思。」

「沒關係，我們住隔壁而已，又不是多遠，等一下妳就坐我們的車就可以了。」陳秀容往後對著跟在後頭的男人說道：

「志正，等一下載周太太回去吧？」

高志正深沉的看著楊晴娟，楊晴娟很不喜歡他那種眼神，又不好說什麼，半晌之後，高志正點了點頭。

「等一下就一起走吧！」陳秀容轉身拉著楊晴娟的手，熱情的說。

「這……謝謝。」

「謝什麼謝？既然有車的話，要不要多買一些？最近泡麵、果汁都有在特價喔！搬個兩箱回去吧？」

「好啊！」

「我也想買箱泡麵回去，我們一起去挑。」

「嗯。」

楊晴娟往前走，陳秀容的手被她先生一拉，整個人停了下來，她回頭看著自己的老公。

「你要做什麼？」

「那個周太太，她老公還沒找到嗎？」平常陳秀容就愛跟鄰居八卦，他雖然平常上班，很少跟鄰居互動，許多消息也從她那邊得知。

「我沒看到她老公，不過應該是死了。你想想，車禍已經過了那麼多天，警察那邊也沒消息，周先生也沒回來，他不是死了是什麼？哎！你看周太太年紀輕輕，老公卻那麼早死了，真是可惜。而且來她家裡的珠姨也因為心臟病突然死亡，你說她是不是很帶衰？」陳秀容下了定論。

第五章

「我才被妳帶衰……」

「呸呸呸！你胡說什麼？我帶衰？你才帶衰呢？我就是看走眼，才會嫁給你這個死鬼！竟然說我帶衰。」陳秀容冷哼一聲，掉頭就走，去找楊晴娟，而高志正則在原地，望著她們兩人離去。

跟他老婆生活這麼多年，高志正早已感到無趣，心思根本不在家裡。

還好他還在上班，不用每天看著他老婆，要是一天二十四小時都面對著她的話，他寧願去撞牆。

誰帶衰？還不知道呢！

他冷冷的看著自己的老婆，又看著在她身邊的楊晴娟，纖細的身材透露出婉約的氣質，和陳秀容那發福的身材比起來，真是天壤之別。別人的老婆，似乎比較有魅力……

※　　※　　※

高志正將車子站在楊晴娟家前，將她的東西，從他的車上搬下來，楊晴娟不斷的道謝：

「謝謝你們，不好意思，其它的我來就好了。」

「周太太，妳不要管他，讓他搬就好了，男人本來就應該多做一點事，妳不要替他想太多。」陳秀容平常將高志正使喚慣了。

「這……」

「別說了，妳先把門打開吧！」

楊晴娟聞言，只好將門打開，讓他們進來，陳秀容也不客氣，大剌剌的走了進去，而高志正則搬著楊晴娟的東西，進了屋子。

「喝杯水吧！」人家幫她這麼多忙，不回饋一點說不過去。

「好呀！」陳秀容坐了下來。

高志正沒有說話，默默的做著他的事，把所有的東西從車上搬了下來，並拿到屋內。

應該不會被發現吧？

楊晴娟朝樓上望了一眼，心驚膽跳，怕有什麼蛛絲馬跡會被他們發現。等一下還是請他們早點回去好了。

「周太太，現在就剩妳一個人住呀？」陳秀容邊喝水邊問道。

「是呀！」

「沒有人過來陪妳嗎？」

「我只有一個阿姨，珠姨死了以後……」她的眼神一黯。「我也沒什麼親戚了。」

「啊！對不起、對不起。」

「不好意思，秀容就是這麼白目。」高志正瞪了太太一眼，這也是他厭煩妻子的一點。

「我白目，那你咧……」陳秀容就要吵了起來。

「我們要回去了，小孩子還在家裡等我們呢！」高志正連忙說道，免得陳秀容又不識好歹，在外面和他爭吵。

「還在家裡啊？那就不留了。」楊晴娟鬆了口氣。

「那我們就先走了。」老公都這麼說了，陳秀容也不好意思再待下來，總不能在別人家裡吵架吧？她放下杯子，站了起來，跟著高志正離開。

送走他們夫妻兩之後，楊晴娟看了一下樓上，還好周明群並沒有出來嚇人。她相信周明群應該有自知之明，不至於下樓，只是家裡住著一個半死人，難免會心驚肉跳，怕他隨時會出現。

跟他同住，壓力也很大。

※　※　※

喀啦……匡擦……

深夜時分，樓上還是傳來聲響。

是周明群吧？半夜不睡覺，他又在幹什麼？楊晴娟看著天花板，疑惑起來，他都不用睡覺的嗎？半夜常常聽到他起身走動的聲音。難道身體死亡之後，也不用休息了嗎？

第五章

跟他在一起，她無可避免感到恐懼，但知道他不會無緣無故下來驚擾她，楊晴娟感到放心。

只要能夠和平共處就好了。

有時候想想也好笑，他們這樣的關係，應該在發生車禍之前就存在了吧？現在，更加具體化了。

喀答……喀答……

聲音由上而來，緩緩的，從樓上走了下來。

他下來了嗎？不是說好他在樓上活動，不要到樓下來？為什麼還走了下來？還沒完全睡著的楊晴娟疑惑著，是樓上的日子太無聊了，所以下來透透氣？

也罷！她並不想出去指責他，他要下來也行，只要不要出現在她眼前，打擾到她就好了，看到他的模樣，就夠令她受了。

楊晴娟閉上眼睛，準備進入夢鄉，身體感到疲累的她，應該早就睡著了，但不知為何卻無法入眠，她翻來覆去，難以成眠。

喀啦……

什麼？

楊晴娟聽到門把轉動的聲音，吃了一驚！周明群進來做什麼？在這深夜，這個時間，他想要做什麼？還是他只是進來找東西？

不、不可能，她已經把他要的東西，都拿到樓上去了，如果有欠什麼，早上也該用家裡的內線電話打給她，吩咐她送到門口，而不是半夜。

那麼……他進來做什麼？

他們是夫妻，關係本該親密，難道……他想進來和她燕好？想到要和一個半死人親熱，楊晴娟就打了個冷顫。

既使關係惡劣，有時候他有需求，她也會配合，畢竟夫妻間的恩恩怨怨，沒有辦法一句話就解決，但那是在他還活著徹底的時候，而現在……活不活死不死的，她沒有辦法接受。

第五章

一想到那副鬼樣子，要壓在她的身上……楊晴娟握緊拳頭，如果周明群想要動她的話，她一定把他的頭打掉！

楊晴娟閉著眼睛，等著可能會發生的事情……

腳步聲在床邊停下來了，很好，算他識相，沒有動她，正當楊晴娟這麼想時，驀地，她的棉被被掀開——

「你這個死鬼，想做什麼？」她張開眼睛，準備朝他一拳揮過去時，她的嘴巴立刻被人捂住，手也被捉住，而身體更是被個重量壓住，無法動彈。

「唔……唔……」

楊晴娟睜大了眼睛，想要叫喊，卻怎麼也動不了，而男人力大無窮，僅以一隻手掌，就將她兩隻手捉住，而為了解開她的衣服，男人將捂著她的嘴的手放開，將她上衣扯開，楊晴娟才能將聲音放了出來！

「你……你……你是高志正！」

沒錯，現在壓在楊晴娟身上，抓著她的兩隻手並扯開她的衣服的男人，是陳秀容的老公！

怎麼會？怎麼會是他？看到楊晴娟驚慌失措的表情，高志正露出邪笑。

「沒錯，是我，小寡婦，我來了。」

「你……你來做什麼？」她扭動著身體。

「來照顧妳呀！」高志正將她的衣服扯開，露出白皙的皮膚，而僅著內衣的楊晴娟，更加撩人。

「你……你不可以這樣，你想做什麼？你……你放手！」楊晴娟恐懼的大喊了起來。

「周太太，妳不要緊張，你先生已經死了那麼久，每天晚上獨守空閨，妳一定寂寞難耐，沒關係，我知道，所以我趁秀容睡著的時候過來，就是為了來讓妳舒服爽快的呀！」高志正一邊說著淫聲穢語，一邊掀起她的裙子，撫著她的大腿。

「你……不可以這樣，放開我！不要！」噁心的感覺湧了上來，她不斷大喊。

「妳不要害怕，我會很溫柔的。」

「不行！要是被你太太知道的話，她會怎麼想？你不可以這樣！」楊晴娟想要說服他，沒想到高志正表情嫌惡。

「哼！那婆娘床上沒用，根本是性冷感，我和她已經很久沒辦事了，倒是妳，周太太，妳長這麼漂亮，人又溫柔，我喜歡妳已經很久很久了，如果妳好好對我的話，我以後晚上都會過來，妳就不用擔心了。」高志正已經朝她大腿內側摸了過去，楊晴娟只能哭喊：

「不行！你不可以這樣，你不要這樣！拜託你，放開我！」

高志正捂住她的嘴巴，邪惡的一笑：

「放開妳？可以啊！先讓我爽一下再說。」

「不、不要！」楊晴娟不斷的搖著頭，她的頭髮散在臉上、枕頭上，整個人驚惶失措，淚痕滿布。

「妳可以再叫，如果有人來的話，我就會說是妳勾引我。想想看，妳半個月沒有老公了，一定很需要男人，所以大家會怎麼想，妳自己想想看。」高志正說著，粗魯的朝她的胸部捏了下去。

「不要……不……」楊晴娟流著淚，不斷扭動身體，但力氣畢竟比不過男人，被他抓住，她動彈不得，只能讓他得逞。

而高志正開心的笑了起來，他扯開她所有的衣服，朝她壓了過去——

※　　　※　　　※

「放……開……她……」

高志正為之一愣，他沒想到楊晴娟家裡，竟然還有其他人，不是說那個珠姨死了嗎？什麼時候還有其他人住了進來？

他一轉頭，立即大叫了起來——

「啊！」

一個毀壞的人頭出現在他眼前，左半邊的肉已經發黑，卻又汩汩流出膿

第五章

汁，兩顆眼珠凸了出來，眼白的部分比瞳孔的部分還多，相較之下，鼻孔顯得小了許多，也對照出大開的嘴巴，齒根完全露了出來，。

高志正離開了楊晴娟，往床角爬去，看著眼前這人不人鬼不鬼的東西，他的心臟已經跳到喉嚨了！

「你……你……不要過來！不……不要過來！」

「你……竟然……敢欺負她？高——志——正！」見他一個字、一個字的念出自己的名字，高志正更是瘋狂，縮在角落，閉起眼睛，兩手在面前亂揮。

「我沒有、我沒有，我什麼都沒有做，我沒有……」

「你……敢欺負……她？」周明群氣極敗壞，他手橫過楊晴娟身上，抓住高志正的衣領，將他拖了下來。

「不要——」高志正叫聲淒厲。

周明群哪肯放過他？再怎麼說，楊晴娟可是他的老婆，而這個男人，竟然敢趁著半夜，偷溜進他們家，想要玷汙楊晴娟，他更加惱火了。他抓著高志正，將他從床上拽了下來，高志正重重的掉了下來！

「啊！」

屁股被摔得好痛，高志正叫了出來！他不斷的掙扎，怕被眼前這個怪物不知道被帶到哪裡去？奮力抗拒！

啪！

他的手臂……竟然掉了下來？高志正看到自己把周明群的右手拔了下來，而手指還在動？他嚇得魂飛魄散，連忙把手丟掉！

而手被拔掉的周明群，緩緩回過頭來，瞪著高志正。

那模樣本就嚇人，何況他的頭上面都是黑色乾涸的血液，再加上不斷流出來的分泌物蓋在上面，整張臉像許多層殼，是變形扭曲的，而瞪視高志正的眼睛因為太過用力，左邊的眼珠竟然掉了下來！

「啊啊啊——」

高志正嚇得魂不附體，當下只想逃開，顧不得周明群就站在門口，他眼睛

第五章

一閉，用力衝了過去！

砰！

大概是力道太大，高志正感到他撞散了什麼東西，禁不住好奇，他回頭一看，這一看，可把他嚇傻了——

周明群的頭和身體是分開的，掉在房間的左手，也慢慢的爬了出來，把那顆掉落的眼睛先撿了起來，而那個身體則利用右手的力量，緩緩的站了起來，不過滾落在一旁的頭顱，仍是瞪著高志正。

高志正渾身發麻，身體的顫慄像股龐大的電流，直衝腦門，他恐懼的狂笑了起來！

「啊……啊！哈哈……啊——」

在混亂當中，他打開了內門，衝了出去，連庭院外面的鐵門都來不及打開，就直接跳了出去，大門都被撞壞了，高志正朝黑夜中跑去，嘴巴不斷狂笑著，遠遠還聽他不斷狂叫：

「哈……哈哈……有鬼啊……哈哈……」

※　※　※

楊晴娟將自己的衣服穿好，縮在床上，驚駭的看著眼前的景象，雖然她知道周明群已經不是人了，可是每次這個景象，總讓她吃不消。

左手找到的眼睛，頭顱也想辦法滾到身體旁邊，右手抓起頭顱，讓左手塞進眼眶，周明群將頭顱放到脖子上，才聽到他的咒罵……

「混……帳！竟然……把……我的……頭……弄壞……」他好不容易用針線縫起來的，大概是技術不佳，又沒有人在旁邊幫忙，竟然被高志正這樣一撞就壞掉了！

「你……你幹嘛下樓？」楊晴娟驚魂未定，不知道是因為高志正的關係？還是因為周明群？

「那個……混帳……從隔壁……陽……臺……跳了……過……來，要……侵犯……妳……我……怎麼……能……不下……來？」喉嚨跟氣管又分家了，周明

第五章

群講話的時候，頻頻發出休休聲。

將手撐住脖子，調好可以講話的位置，周明群才說道：

「什麼？」

「剛剛……我聽到外面有聲音，就……出來看，結果看到……那個傢伙，」講到高志正時，醜惡的臉上充滿鄙夷。「從陽臺過來……然後往樓下走，我跟在他的後面……他竟然……想來侵犯妳？」想到自己的老婆差點就被侵犯，氣惱的他不斷發出古怪的聲音。

「嗚……嗚嗚……」受到這種委屈，楊晴娟只能不斷哭泣。

「晴娟……」周明群見她哭得傷心，上前走了一步。

「不要過來！你不要過來！」積壓數日的委屈，楊晴娟忍不住爆發！「你為什麼要離開？又為什麼要回來？你要去死，又搞成這樣回來，每天看到你，我……我都不知道你是不是我老公？你這樣……你這樣……回來做什麼……」他這副模樣已經把她嚇壞，又和他同住，她的壓力很大。

「我……我不是故意……」周明群黯然的說。

「我知道你不是故意的，我也知道你不是故意的，可是……可是……」事情已至如此，周明群以非人的形貌回來，又讓外人以為她沒有人可以保護而想要欺侮，讓她情緒崩潰。

「晴娟……」

「你走！你走開！」

「晴娟……」

「你走開！你不要出現在我面前，你不要下來！」楊晴娟朝他大喊，用力將棉被往自己身上狠狠一蓋，然後，傳來她的啜泣聲。

周明群不用嘆氣，他的氣已經從斷頭處洩出，只能默默的，離開她的視線。

※　※　※

「哈哈哈哈……有鬼啊！有鬼啊！哈哈哈哈……我告訴你們……有鬼喔！這個世上有鬼！」

第五章

高志正被束衣綁住，放在擔架上，由醫護人員抬起，準備送進救護車，而陳秀容則站在門口，拿著面紙捂著臉，痛心的看著自己的丈夫，被當精神病人的帶走。

幾個和陳秀容較好的鄰居，則站在她的身邊安慰。

「高太太，妳不要想太多，高先生很快就回來了。」

「是啊！現在醫學那麼發達，高先生不會有事的。」趙太太說著，將手放在陳秀容的肩上給她力量。

而另外一股聲音，則在空氣中竊竊的透了出來。

「哎呀！這是怎麼回事？高先生中邪了嗎？」

「無緣無故的，怎麼會瘋掉？」

「你小聲點啦！高太太在那邊。」

「喔！」

聲音趨於沉默，但四周的私語，仍像不安的蟲子，鑽入楊晴娟的耳朵，她默默的看著這一切，沒有講話。

一大早，她就被救護車的聲音吵醒，看到救護車停在隔壁……是高家的方向。

她披了件外套，走出來看，就看到高志正被帶上救護車。

而高志正也看到她了，他一看到楊晴娟，表情一變，大為恐懼，緊接著大呼小叫了起來！

「啊——嗚……啊啊——哇呀——」身體不斷扭動起來。

「高先生，你鎮靜點。」旁邊的醫護人員抓住了他，即使高志正被束衣捆住，但他身體不斷扭動，像要從束衣裡面逃脫似的。

「啊——啊——啊——」

高志正不斷發出吼叫，為了避免他失控，現場有護士直接打了他一劑鎮定劑。

「哇……嗚嗚，啊——」

第五章

很快的，藥效發揮了，高志正倒了下來，順利送進車裡。救護人員將他往車上一送，然後離開。

「周太太，妳也來啦？」錢太太看到了她，湊了過來。

「發生什麼事了？」

「那個高先生好可憐喔！短短一個晚上，竟然發瘋！」

「發瘋？」楊晴娟轉頭看著她。

「是啊！聽說他昨天晚上在街上大呼小叫，是被里長發現，然後把他帶回家的，結果……妳也看到了，高太太剛剛打電話叫救護車來把他載走了。」錢太太提供第一手消息。

「他……怎麼會發瘋？」

「這我也不知道，妳聽他一直叫有鬼！妳想……」錢太太壓低了聲音。「他會不會是看到了鬼？」

楊晴娟一驚，臉色一變，彷彿祕密被人窺破。

見楊晴娟表情不對，錢太太趕緊打哈哈過去：

「哎呀！妳說怎麼可能？這世界上怎麼有鬼？有啦！我家裡是有一隻，就是我家那個死鬼嘛！」錢太太企圖緩和氣氛，楊晴娟只能尷尬朝她一笑，心情卻無法振作起來。

死鬼啊！她家裡也有一隻……

但，如果死不透的話，又該怎麼辦？

第六章

太陽落在櫛比鱗次的大樓後面，籠罩在陰影之中，整條街上的氣氛都低落下來，偶爾碰到了面，也不敢大聲喧嘩。幾個太太帶著小孩到旁邊的公園玩耍，聚在一起竊竊私語：

「欸，妳有沒有覺得，這裡的風水不太好？」

「這話怎麼說？」

「妳看那個周太太家，先是老公車禍，到現在人還沒找到，後來又有人死掉……」

「對啊對啊！可憐的高太太，莫名其妙的，老公就瘋掉了。」

「聽說我們這裡，以前是公墓耶！陰氣很盛，會不會因為如此，所以老是出事？」

「哎呀！妳不要說了，感覺毛毛的。」

「周太太，妳也來散步呀？」剛剛在說周家的事情的王太太，見到楊晴娟站在公園時，叫了起來。

「嗯……」

要去警察局的話，這裡是必經之路，只是沒想到會碰到鄰居。

「我們剛剛……在說高太太啦！」王太太瞄了一下她，掩飾自己剛剛在說人八卦。「她的老公不知道為什麼，一夕之間就變成瘋子。」

「是呀是呀！」周遭有人附和。

「高先生……還沒回來嗎？」楊晴娟問道。事實上，她希望他不要回來，萬一他清醒回來的話，不知會不會對她又做出什麼事？

有些人，比鬼還恐怖。

「早上聽高太太說，要送到療養院去了。高先生平常在電子公司上班，會不會壓力太大，變成精神病了？」王太太揣測著。

「是啊是啊！工作壓力太大了。」

楊晴娟沒有講話，她知道真正的原因。

雖然他對她做了那種事，但是高志正變成瘋子，她難辭其咎，只是這話怎麼也開不了口，她的心事，沒人知道。

不想繼續這個話題，楊晴娟決定先行離開。「我先走了，妳們慢慢聊，再見。」

「再見。」

目送著楊晴娟離開之後，錢太太才湊到王太太身邊，用著全場都聽得到的悄悄話對她道：

「妳什麼都不知道嗎？」

「什麼？」王太太莫名其妙。

「怎麼了？發生什麼事了？」其他人好奇的詢問，見眾人目光集中在自己身上，錢太太才洋洋得意。

「聽說監視器的畫面，拍到高先生從周太太家跑出來的畫面……」

「什麼？」不只王太太，其他人都驚呼起來！她們的驚叫聲在公園起了不小的影響，引起其他人的注意。

「高先生去周太太家做什麼？」

「能做什麼？孤男寡女的，肯定沒好事。」有人不屑的道。

「可是……怎麼高先生會發瘋？」

「搞不好跟周太太有關，高先生發瘋的前一天，就在周太太的家……」說話的錢太太停了下來，周太太會做什麼事，讓一個大男人發狂呢？

層層的疑問在心頭發酵，卻沒有人有答案。

而楊晴娟離去的身影，消失在大廈之後。

※　※

「妳說，三更半夜的，高志正為什麼會跑到妳家裡？」老陳對著楊晴娟詢問，口氣不佳，表情兇惡。

第六章

「老陳，你冷靜點。」洪國政攔住了他，

「阿政，你在幹嘛？我現在在問話。」老陳不滿的看著他。

「你又不是在跟嫌犯問話，你這樣子會嚇到人的。」老陳的脾氣不好，眾所皆知，他又和他同一組，怕老陳一發起飆，楊晴娟會嚇到。

「阿政，你在說什麼？我現在在辦案，你卻在擔心她？」老陳疑惑的看著他。

「我……我的意思是，她不過是個女人，你講話這麼大聲，等一下說我們警察欺負女人。你忘了上次那名老太太的女兒告你恐嚇的事情嗎？」洪國政趕緊解釋，免得被老陳發現他們有關係。

想想也有道理，老陳放緩了語氣。

「楊小姐，可以請妳解釋一下，為什麼高志正會半夜跑到妳家嗎？」

「我……」

「妳要把話說清楚，攝影機不會說謊，他半夜神色慌張跑了出來，說！你們之間發生了什麼事？」

楊晴娟神色難看，望向洪國政，面對她，洪國政自動放柔聲音：

「楊小姐，有什麼事情妳說出來沒關係，如果有什麼困難的話，我們會幫妳的。」

「說呀！」老陳還在瞪著她。

「你們……只看到他從我家跑出來，你們有沒有看到他是怎麼進到我家裡的？」想到那個晚上，她眼神盡是痛楚。

洪國政和老陳互望了一眼，發覺事情不單純。

「他是怎麼進到妳家裡？」

「他是從陽臺上爬過來的！」楊晴娟喊了起來！那夜的不堪記憶又湧了上來，她痛苦的喊道：

「他半夜跑到我家，他想要……想要……非禮我，要不是……要不是……」

要不是周明群的話，恐怕她早就被摧殘了。

第六章

「要不是什麼？」老陳還猛追問。

楊晴娟突然哭了起來，兩個大男人慌了，老陳急得抓頭搔耳，嘴裡嚷嚷：

「喂！妳別哭呀！我可沒有欺負妳！喂——」

洪國政拿衛生紙遞到她面前，卻在心裡將高志正罵了七、八十遍！要不是他現在在醫院，他就衝去將他銬起來。

「晴娟，妳沒事吧？」

楊晴娟拿衛生紙捂住臉，眼睛紅紅的，等她情緒逐漸平復之後，才道：「沒事……」

老陳總覺得他們不對勁，又說不出口，只能說道：

「如果那個傢伙侵入民宅，企圖非禮妳的話，我們會依法辦事。只是他發生了什麼事？為什麼會突然瘋掉？」

「我不知道……」

「那天晚上，只有妳跟他在一起。」

「我……」

「是不是妳做了什麼？讓他跑走？」

楊晴娟驚慌的看著他，卻無法講出實情，要不然等下被送到醫院的，恐怕還有她。

而老陳公事公辦，急著要將事情釐清：

「妳說，那天晚上到底發生什麼事？」

楊晴娟皺著眉頭，怎麼樣也無法將事實說出口，而她無助的表情，落入洪國政的眼底。

「好了、好了，老陳，你沒聽到，那個高志正半夜闖進楊小姐家企圖侵犯她嗎？她也是受害者。」

「可是……一個大男人怎麼會莫名其妙瘋掉？」這是老陳百思不解的。

「那就交給醫生吧！」

※　※　※

第六章

「妳別介意，老陳就是那個樣子。」

洪國政將楊晴娟帶離了警局，找了個理由，將楊晴娟送回家。

「沒關係。」真正讓她介意的並不是警局發生的事。

「妳……妳還好吧？」洪國政看她臉色蒼白，身體搖搖欲墜，隨時都有被風吹走的可能。

「還好。」

「不要勉強，有什麼事需要我幫忙的話，妳要說出來。」洪國政向她表明他的存在。

「我知道。」

「那妳……先進去休息吧！」看著她瘦弱的身體，洪國政都覺得不忍，只是她沒開口，他也不好說什麼，畢竟身分仍是個界限。

「嗯。今天……謝謝你了。」

「哪裡。」

「那我下去了。」楊晴娟下了車，洪國政不捨的看著她進了屋子，確定房裡的燈打開後，才駕車離開。

脫下鞋子，走到沙發，楊晴娟坐了下來。

她感到疲憊，從頭到腳的疲憊，而那種疲憊，甚至吃空了她的心靈，她的力量、她的力氣，全都消失了。

為什麼……會這樣？

喀啦……喀啦……

又來了。

樓上那名房客，又開始走動了。

只要一靜下來，她就可以感受到他的存在。她很想忽略他，裝作只有一個人在，但他的存在，卻不容忽視。

皺著眉頭，聽他在樓上喀啦喀啦的走來走去，不知道在做什麼，每一步都刺激著她的耳膜、拍打著她脆弱的靈魂。

第六章

不管會不會再害怕，不管會不會恐懼，楊晴娟倏的站了起來！走到二樓的客房。

這次，她毫無顧慮，拍打著房門。

「周明群！」

「什麼事？」周明群的聲音從門後傳了過來。他知道她害怕他的容貌，盡量少出現在她的眼前。現在楊晴娟直接上來找他，倒叫他愣然了。

「你不要再吵了好不好？」楊晴娟忍無可忍，發起來脾氣來。

「我……我沒有吵啊……」周明群將門打開一條縫，讓聲音能夠傳遞更清楚，楊晴娟朝裡面吼：

「不要開門！不准開門！」門裡的惡臭，發散了出來。

門停了。

「你為什麼要回來？既然出去了，就不要再回來！要回來的話，就不要搞這種鬼，你這樣……你這樣……只是找我麻煩！」楊晴娟朝裡面咆哮，就跟以前一樣。

門後一陣默然，須臾：

「發……發生……什麼事……了？」脖子分分合合幾次，他的話也斷斷續續。

「發生什麼事？哪有發生什麼事？不過是高志正瘋了，警察找我去約談而已！」楊晴娟吼了起來：

「你說！你說啊！為什麼會這樣？平白無故，我為什麼會上警察局？」

「警察局？」

「高志正瘋了關我什麼事？他被嚇瘋了關我什麼事？警察都來問我！問他為什麼半夜出現在我家？我只能說不知道！不知道！我什麼事情都不知道！」她尖叫了起來，氣喘吁吁的，像個潑婦。

門再次被推開，周明群僅剩半邊完好的臉露了出來。

「警察……找妳。」

「對，來找我，找的是我……我又沒做什麼事，為什麼找的都是我？高志正會瘋掉，我怎麼知道？為什麼找我？」楊晴娟氣惱極了！

「我……我不……是故意的……」他也很無奈。

「對不起有什麼用？事情都已經發生了！為什麼我會碰到這種事？為什麼？」楊晴娟對著房間大吼！要把所有的不滿宣洩出來。

「晴娟……」

「你不回來就算了，你一回來，什麼都不對……」那種與另外一種……生物相處的滋味，極為複雜，而她本來就是敏感的人，能夠堅強已屬不易，如今許多事又蜂擁而至，她情緒失控。

「娟……」

她不要他回來嗎？即使知道自己長相很恐怖，他也不敢隨便出去嚇人，聽到楊晴娟這樣講，周明群還是感到難過。畢竟他人性的部分，並沒有因為軀體的敗壞而泯滅。

「不要叫我！沒有你的話，我會好過一點！」楊晴娟狠狠的說道。

「妳……」

「你為什麼不乾脆走開？為什麼不直接不要回來？為什麼不死在外面？為什麼還要回來？啊？為什麼？」楊晴娟尖叫起來，歇斯底里的狀況比起高志正有過之而無不及。

「晴……晴娟……」

「不要叫我的名字！不要出現在我的眼前！不要回來！不要，你給我滾！滾——」

※　　※　　※

就像回到先前一樣，兩人的關係開始緊繃。

即使同住一間屋子，氣氛仍僵凝的叫人窒息。雖然他已經不用呼吸，但仍是感到相當沉悶。

周明群無力的待在房間，回想著一切。

第六章

他只是想過簡單的生活，有個家庭，有個妻子、有間房子，或許……再有個小孩，這樣就夠了。

如今，家不成家、妻不成妻，而孩子，根本別提了。像他這種鬼樣，晴娟沒被他嚇跑，就已經很不錯了，怎麼可能再為他生個孩子？他連自己都自顧不暇了，哪有餘力去管這些了。

將斷掉的手掌重新接回，神經和肌肉重新連結，又能開始活動，他已經適應這種奇異的現象，能夠運用自如。只是……如果身體持續腐敗，到最後會剩下什麼呢？

他打了個冷顫……什麼時候可以脫離這層肉體？

有時候死亡，是最完美的結束……

隱隱約約的，他聽到了聲音。

有人來找晴娟嗎？這聲音……是個男人的……

周明群皺了皺眉頭……雖然看不到他的眉毛，只有一堆爛肉罷了，他還是下意識的蹙起了眉。

和晴娟約好了，他不能下樓沒錯，但是……但是……楊晴娟還是他老婆，有男人來找他的話，他不能出來看一下嗎？

打開了房門，周明群緩緩的往樓下移動。

「……我只是巡邏到這邊，想說過來看看……」

這聲音……周明群又往下走了兩階樓梯，確定自己有沒有聽錯，洪國政，那個男人，和他一起追過晴娟的男人，又來到他家。即使身體已經敗壞，妒意卻不因此而消失，胸口的怒氣逐漸高漲。

上次他就來過了，這次又來幹什麼？

「這樣啊！要進來坐坐嗎？」

「好啊！」

楊晴娟只是客氣的開口邀約，沒想到洪國政真的答應了，她到廚房倒了杯開水，端了出來。

第六章

洪國政大剌剌的坐了下來，接過她遞過來的開水。

「不好意思，家裡沒有什麼東西可以招待……」

「沒關係，開水最能解渴嘛！」十分捧場的，洪國政大口大口的牛飲，很快的，將水喝的一滴不剩。

「你跟以前一樣。」楊晴娟忍不住笑了起來，他這習慣到現在還沒改變。

「是啊！我知道這樣不好，不過……習慣了。」他不好意思的搔了搔頭，鼓足勇氣……

「對了，妳說，只剩妳一個人？」

「嗯……」難得的笑容又降溫了。

「妳老公呢？」前幾次她沒說清楚，他也沒機會發問。

「他……他出了車禍……已經……不在了。」楊晴娟黯然了下來，很難去解釋周明群現在的狀況。

「這樣子啊……對不起，我不知道……」洪國政站了起來，有些無措。那個周明群，應該是死了吧？要不然怎麼都沒出來照顧老婆？

「沒關係，都過去了。」

「只有妳一個人，難怪那個高志正想要欺負妳……」想到這裡，洪國政氣憤填膺。「下次如果有人還要欺負妳的話，過來找我，我可以幫妳。那……妳沒事吧？」

「沒事。」

「妳把他打退了嗎？」

「不是。」她搖搖頭。

「那妳……」

「他並沒有得逞，只是他後來跑出去後，發生什麼事，我也不知道，第二天就聽到人家說他送醫院了。」楊晴娟掩飾某部分。

「喔！」突然良心發現嗎？也不太可能，如果有良心的話，就不會做這種事了。只是現在高志正意識不清，瘋瘋顛顛的，要問什麼也問不出來，楊晴娟這

第六章

邊似乎有些隱瞞，就算陳秀容提起告訴，全案可能也草草了之。

洪國政不斷想著，驀地，他聽到有奇怪的聲音——

「什麼聲音？」

聽到聲音是從樓梯那邊傳來的，而樓梯又緊接著二樓，楊晴娟不用想，也知道是周明群搞的鬼，她連忙掩飾：

「沒什麼，可能是什麼東西掉了吧？」

「喔！」

「那我下次……再過來看妳。」洪國政吞吞吐吐，好不容易才將話說完。他的態度影響到楊晴娟，楊晴娟臉上一熱，也不好拒絕。

「好……」

第七章

送走洪國政之後，楊晴娟回到家裡，就見到周明群坐在客廳，面容扭曲，怒氣騰騰！雖然她早就看過周明群的死樣子，但每次見到他的面，還是會受到驚嚇！心頭狂跳起來！

「你下來幹什麼？」她尖叫起來，閉起眼睛。

「看妳……和……舊情人……見面呀……」周明群邊說，眼睛就要掉了下來。

「你在胡說什麼？」楊晴娟怒斥。

「要不然……那是……誰？」周明群噴著大氣，不過只噴出體內的腐氣，讓空氣充斥著惡臭。

「國政……他只是來看看我而已。」楊晴娟辯解著。

第七章

「看……看看？他會有……那麼……好心？」周明群滿臉不信，雙瞳更加猙獰了。

「你不要亂說話！」楊晴娟深吸一口氣，張開眼睛，卻不敢看他。

「我有……亂……說話……嗎？反正……我死了……你們……正好……舊情復……復燃……可以……逍遙……自……在……」被妒忌啃蝕的心靈，比臉孔還扭曲。

「周明群！你在胡說什麼？」楊晴娟叫了起來！「我和他只是朋友，根本不是你所想的那樣。」

「呵……呵……」破碎不全的笑聲，顯得更為恐怖。「朋……友？妳把他……當……朋友？他……有……把妳……當……朋友……嗎？」

楊晴娟一怔，洪國政的心思，她怎麼會知道？

她的沉默，讓周明群更狐疑了，妒忌使他更為瘋狂，他走了上前，看著他越來越靠近，楊晴娟只能逃開。

「你……你想要做什麼?」

「妳……不要……忘了,我……是……妳老公,妳就……想跟別人……在一起?妳……給我……注意。」就算周明群生性敦厚,但眼看老婆跟別的男人在一起,他充滿怒氣。

「你……你已經死了!」看著周明群駭人的模樣,楊晴娟害怕起來。

「死了?呵呵……」他發出尖銳的笑聲。「我……還沒……死透,怎麼說……我死了?妳是……我老婆,休想……跟別人……在一起——」最後一句話,他幾乎是咆哮起來!原本就難看的面容更顯猙獰,已經破壞的五官更顯扭曲,每一幕都刺激著視覺神經。

「不要!不要過來——」

「妳是……我的老……老婆,是……我的……」由於過於激動,周明群的七孔和脖子、手腳的接縫處,都滲出了黑色而濃稠的液體,隨著他的怒氣而不斷流瀉。而眼珠也因瞪視過度,左邊的還掉了下來。

第七章

「不……我不是！不是！」看到丈夫這個樣子，一般人魂都嚇飛了，誰還會留在他身邊？

「妳……說……什麼？」周明群更生氣了。

「我不要這樣，你不要過來……」長期和他相處，肩上扛著沉重的壓力，如今周明群突然對她怒吼，楊晴娟更惶恐了。

「妳……不要……忘了……妳是我老婆？我為什麼……不能過去？什麼話……我都聽妳的，要我……待在樓上……不要……打擾妳，結果……妳是怎麼對我的？」想到她的背叛，更令他心痛，委屈化為不甘，在這時湧現。

「我……我沒有。」

「妳卻……背著我，在外面……招蜂引蝶……還把……男人帶回家中……」

尤其對象還是他的情敵？只要想到這一點，他的心就抓狂！

「我不……我沒有……」

「妳有……妳有……」顧不得她的禁忌，他朝她走了過去，他越靠近，楊晴娟越是後退。

「你走開！你不要過來！」她駭然的叫了起來。

「妳是我老婆……妳是我的……」周明群不斷重覆這一句，生之前、死之後，他都只認定楊晴娟，絕不容許她背叛！

而楊晴娟只要看到他的模樣，恐懼加上心理因素，誘發了生理，她開始乾嘔。

看到她在作嘔，周明群更憤怒了。

「很噁心……是嗎？我讓妳……覺得噁心？我是妳老公，妳卻……只覺得噁心？別忘了……我是妳老公，妳是我的……」他毀壞的臉孔不斷逼向她，只剩一隻的眼睛不斷瞪著她，而左邊眼睛掉出來的黑色窟窿，裡面全是黑色的腐肉，他的鼻孔收縮，沒有雙唇的嘴巴大裂，不斷的呼出惡臭的氣體。

這味道只讓她反胃，楊晴娟再也忍不住，大嘔特嘔起來。

她的嘔吐物吐在他的身上，周明群更加抓狂了！她竟然當著他的面，這樣

第七章

不給面子，自尊感到受辱，周明群大叫了起來——

「楊——晴——娟——」

他的嘶吼如同鬼嚎，要將人撕開，再也忍不住了！楊晴娟推開了他，打開大門，用力的跑到外面——

※　※　※

就算跑得不快，就算會跑得東倒西歪，楊晴娟還是不斷的奔跑著，無邊的夜色有什麼危機她不知道，但最大的恐懼就在家中，她無法回去，也不知道能到哪裡去？她急著想要逃離這恐怖的一切……

為什麼會這樣？為什麼會變成這樣？

楊晴娟流著淚，既不安又害怕，她捉著自己的手臂，徬徨無助，倉促之間，她什麼也沒帶，身上還穿著外出衣，裡面只有手機，還有……

咦？這是什麼？

楊晴娟將和手機放在一起的東西拿出來，那是張電話號碼，是……是洪國政的。

對了，上次洪國政給她電話之後，她順手放在口袋。那麼……她的眼睛又生起霧氣，國政他能幫她嗎？

可是現在她實在不知道該找誰？她沒有親戚，朋友也少得可憐，原本重心都放在丈夫身上，而現在……

她好無助，好害怕……

她撥了電話號碼，淚流滿面，夜風吹了過來，淚水很快就乾了。

「鈴鈴鈴……」

沒有人接，他不在嗎？

夜風刮襲得強烈，她感到寒冷，遠方的車聲像是深夜的鬼嚎，讓她有種錯覺，周明群追來了……

旁邊有人走過，她嚇了一跳！不，不是周明群，對方是個中年男子，長相粗俗，不過至少有臉有手有腳，不像周明群……

第七章

明群他……應該不會出現在這大街道上，但是她不敢肯定。

「鈴鈴鈴……」

沒人接嗎？沒人可以幫她嗎？正當楊晴娟快要放棄時，手機接通了：

「喂？」

「國……國政……」楊晴娟快要哭了出來，聲音已經洩露了一切。

「妳……哪位？」洪國政遲疑了會。

「是我……我是楊晴娟……」要怎麼說？該怎麼說？她走投無路了，她要怎麼開口？

「啊！晴娟？怎麼了？發生什麼事了？」聽到她聲音不對勁，洪國政連忙追問。

「我……」

「怎麼了？發生什麼事了？妳怎麼了？」擔憂的口吻從那一頭過來，楊晴娟強迫自己冷靜下來，試著發問：

「你可以……幫幫我嗎？」
「發生什麼事了？」
「幫幫我……」除了他，她不知道能找誰，她鼓起勇氣。「我可以……去你家嗎？」
「啊？」洪國政嚇了一跳！他萬萬想不到她會提出這種請求？
「不行嗎？」她十分失望。
「不、不是……」她現在不算婚姻當中，又求助於他，況且……和她也不算陌生人，不幫她的話，也說不過去，洪國政在百般掙扎之下，熬不過內心的糾結。
終於……
「好吧！妳現在在哪裡？」
※　※　※
洪國政將楊晴娟接了回來，楊晴娟跟著他回到家中，偌大的房子只有他一

個人住，不過這樣也好，免得被人投以怪異的眼光。

不過目前只要能離開那個家中，她什麼都不管了。

驚嚇過後，楊晴娟只感到疲累，再加上本來就有低血壓，她虛弱的坐了下來。

「妳看起來很不舒服，要不要先去休息？」連洪國政都覺得她的臉色過於蒼白。

「不用了，我坐一下就好了。」

「還是我帶妳去看醫生？」

「不用了，我只是低血壓，又有點貧血，沒關係，女生都是這樣的，我只要休息一下就好了。」楊晴娟不想讓他太擔憂。

「喔……那，妳要不要去洗澡上床休息？」發現自己話帶著曖昧，洪國政趕緊澄清：

「呃……我的意思是，洗好澡之後，到床上躺著，比較好睡覺，啊……我是說……妳看起來很累，需要休息……」面對著楊晴娟，洪國政顛三倒四，完全不知道自己在說什麼。

楊晴娟噗哧一笑，心情陡然放鬆。「不用再說了。」

「啊……妳……」

「你只是看我累了，需要休息是吧？」他的個性還是和以前一樣率直。

「對！」洪國政狂點頭。

「你……有衣服讓我換嗎？」她出來時，什麼都沒帶。

「只有我姊的衣服，她現在嫁人了，不過還有一些衣服在這裡。妳身材跟她差不多，我拿她的衣服給妳，可以嗎？」

「嗯……好啊！」

洪國政到了他姊姊的房間，拿了一套運動服出來。楊晴娟拿起來看了一下，洪國政的姊姊她以前見過，是個身材纖細的女人，她穿的衣服，剛好和她的差不多。

「對了，你父母呢？」

「他們下南部去了，過陣子才會回來。我媽要是看到妳的話……」洪國政突然不語，以前他追求她的時候，還把楊晴娟帶回來過，他的父母也很熱情的招待她。只是後來她嫁給他人，也和他們家斷了往來。

「我……我去洗澡了。」避免介入過去的問題，楊晴娟先離開了。

她進到浴室，關了起來，洪國政則在客廳裡，敲打著自己的腦袋！他在想什麼？她還是別人的太太，雖然她到他家來，但是過去畢竟是個鴻溝，不是隨隨便便就可以跨過去的。

※　　※　　※

初戀情人住隔壁，洪國政很難睡著。

雖然她住在姊姊的房間，但整個晚上，他都在想和楊晴娟的過去，那些點點滴滴的時光，在這時候，全部湧了上來。

她的處境、她的纖弱，都再度牽動了他的心，腦海想著這些讓他一夜無眠，等洪國政感到倦意時，已經曙光升起，他微微睡了一下，又醒了過來，原因是外面傳來物體碰撞的聲音，接著是抽油煙機作響的聲音。

家裡沒其他人，誰在煮東西？他走了出來，看到楊晴娟站在廚房裡，而見到了他，楊晴娟訝異道：

「吵到你了嗎？」

「不，我都這麼早起。」他撒謊。

「我想說弄點早餐，剛好家裡還有米，就想要煮稀飯……擅自動你們家的東西，不好意思。」

「沒關係、沒關係。」她的樣子讓他想起清晨起床為丈夫煮飯的小妻子，畫面溫馨。

「你坐一下，很快就好了。我還找到一些罐頭，等一下煎個蛋就可以了。」

楊晴娟態度從容，反倒她才像是家裡的女主人了。

她……在為他煮飯嗎？

第七章

「好、好。」

洪國政逃離現場，到浴室去洗把臉，撇開自己的胡思亂想，過後才回到廚房，和楊晴娟一起坐在餐桌，吃著她盛好的稀飯。

「嗯……嗯，好吃、好吃。」他大口大口吃。

「沒那麼好吧？都只是一些簡單的配菜。」

「我們家早餐都在外面解決，沒有人煮，就連我媽也不一定喜歡煮東西，所以我們大部分都吃外面的。」

「真的嗎？其實我倒滿喜歡煮飯的……」她想起跟周明群新婚時間，常常下廚給他吃，不過昔日的婚姻，已經變調，而現在……更是詭異。「對了，有件事情我想請你幫忙。」

「什麼？」

「那個……我想搬家。」

「搬家？」洪國政吃驚的望著她。「為什麼？」

「那個房子……我已經住不下去了。」不想再跟死鬼丈夫住在一起。而聽在洪國政的耳裡，卻是另外一番意思。

睹物思人，繼續住在她和周明群的愛的小窩，她會難過吧？

離開傷心地，重新出發，對她來講也比較好吧？

「妳要我怎麼幫妳。」

「這幾天先讓我住在這裡，可以的話，我想請你跟我回去拿東西，然後我再來處理房子的事情。」她不敢單獨回去。

「妳要賣掉嗎？」

楊晴娟默然，周明群還在那裡，賣掉的話，後面的人怎麼辦？不過她實在沒辦法想那麼多，現在的她，只想離開那間房子，越遠越好。

「到時後再看看吧！」

「嗯……」他已經解決掉三碗稀飯了。「那我先去警局請個假，再陪妳回去。」

第七章

「不好意思。」

「沒關係、沒關係。」

※　※　※

車子行駛在道路上，洪國政載著楊晴娟，往她的家駛去。為了打破有些窘迫的氣氛，洪國政開口問道：

「對了，晴娟，昨天妳是怎麼回事？為什麼會在外面？」昨天他是按照她跟他講的地址找到了她。一個女人半夜在外頭，相當危險。

「啊？我……」

楊晴娟咬著下唇，她實在很難講實情告訴他，洪國政是個好人，她知道她會幫忙她，但是如果跟他講周明群還在家裡，簡直太匪夷所思了，她不知該怎麼回答？

見她沉默不語，簡直比剛才還要尷尬，洪國政趕緊道：「妳不說沒關係，等妳想說的時候，再跟我說就好了。」

「嗯。」

避免再觸及敏感話題，洪國政還是放棄，乾脆打開音響，讓音樂化解些微氣氛，不多時，來到了楊晴娟家前。

洪國政停妥車，楊晴娟下了車。

「我陪妳進去。」洪國政說著，楊晴娟制止了。

「我進去一下，你在這裡等我好嗎？」她可不敢確定，周明群看到她帶洪國政回來的話，會發生什麼狀況？

她雖然不想回來，不過有些事情還是要解決。

「真的不用嗎？」洪國政有些失望。

「真的不用了。」

「好吧！」

看著楊晴娟打開大門，由於庭院外頭的大門如同虛設，只防動物和君子而已，有心人若想進去的話，只要翻個身就可以過去，而二樓的陽臺又和隔壁的

第七章

相鄰……

啊？隔壁不就是那個發瘋的高志正家？

洪國政下了車，習慣性的打量起周遭的環境，雖然路上有些貓狗，也有人走來走去，但氣氛很古怪……有些人甚至往他們這邊瞧？

楊晴娟從信箱底下的暗格，摸出一把備份鑰匙，進了屋子，洪國政則在外頭等待。

半晌，洪國政將視線轉到屋裡。

不太對勁……也許是身為警察的敏銳，他感到屋裡有動靜……不，應該說，屋裡沒有動靜，裡面既然有楊晴娟進去的話，多少會有點動作，但如今，卻什麼也感受不到。

「晴娟？」

洪國政邊喊邊走了進去，甫一進到屋內，就被眼前的情況愣住了。

楊晴娟站在屋子中間，沒有動靜，而她的周圍，則是被破壞的傢俱，不論是桌子、椅子、電視、電話、魚缸、飲水機……全部的東西，都被破壞個粉碎，而這些被破壞的東西上面，都有著黑色黏稠的液體，連牆上也有！

「發生什麼事了？」洪國政喊了起來！

楊晴娟緩緩移動，她看著他，臉色蒼白，沒有說話。

「這是什麼？」連裝飾用的酒櫃也有奇怪的液體，連玻璃門都碎掉了，裡面的書籍和酒瓶也都倒在地上，他伸手一摸，湊到鼻間一聞……一股惡臭直衝腦門，他連忙將手甩開！

「天啊！這是什麼？」他大叫了起來！

楊晴娟抱著身體，退了一步，洪國政下意識將她摟進自己身體，擔憂的問道：

「晴娟，這裡是怎麼回事？」

「我……我也不知道……」

「這裡是遭小偷嗎？昨天妳突然跑出去？是不是跟這裡有關？昨天是不是有

第七章

誰在妳家？」洪國政將她的行為和這個場景兜起來。

「不……」她想掩飾，卻也沒用。

「晴娟，妳一定要告訴我，到底發生了什麼事？我才可以幫妳啊！」洪國政相信，楊晴娟一定有事情瞞著他。

「國政，我……」楊晴娟咬著下唇，雙眸泛淚。

「到底發生了什麼事？說啊！」

楊晴娟只能搖頭，她要是說出來的話，一定會被人當瘋子。

見她不肯言語，洪國政只好先看其它地方，地下都是碎片，滿目瘡痍，廚房也遭到波及，他打開房間，主臥房也好不到那裡去，而原本應該擺在床頭牆壁的婚紗照，裡面的照片被用刀狠狠的刮花，男女主角都看不清臉了。

洪國政開始懷疑起來，這是不是感情糾紛？

那，是楊晴娟的？還是周明群的？

※　　※　　※

而洪國政則和其他鑑識人員在現場，搜尋可疑證據，只見地上黏呼呼的一片，還不時散發出惡臭，整間屋子都充斥著難聞的味道，縱使門窗大開，還是驅趕不了那令人作嘔的腥味。

「怎麼樣？」洪國政問著認識的鑑識人員。

「這是生物的腺體所分泌出來的分泌液，不過能夠發臭到這種地步，這個動物已經不知道死亡多久？究竟是什麼生物？要回去進行辯識才知道。」鑑識人員將手中的袋子遞給他看。

「可是……整間屋子都是這種東西，是要撒上多少啊？」洪國政看著周遭，感到不可思議。

「其中還有像是血液的東西，不過過於腐敗，我不太確定，要等回去化驗才知道。」

「那就麻煩你了。」

老陳走了過來，拿下帶著的口罩，對洪國政埋怨著：

第七章

「這間屋子是怎麼回事?上次有個動脈被割的死者,血噴到天花板,這間屋子是被撒什麼東西?狗血?還是豬血?烏漆麻烏的。」他嫌惡的說道。

「報告出來就知道了。」

看著鑑識人員離開之後,老陳才壓低音量問道:

「阿政,你跟那個小寡婦什麼關係?」

「啊?什麼?」洪國政心頭一驚!

「上次我就覺得你們怪怪的,你一直替她講話,現在她家裡出狀況,竟然還是你報的案?」老陳斜睨著他。

「我跟她……沒什麼關係啦!」洪國政臉皮薄,很容易露餡。

「沒什麼關係?你會跟她走這麼近嗎?女人啊!還是少沾惹為妙,你看我就是活生生的例子,尤其那種太複雜的女人。」老陳看著滿屋子黑膩膩的液體,嫌惡的撇了撇嘴。

洪國政走出屋子,拿下口罩,大口呼吸新鮮的空氣,看到楊晴娟正被一群婆婆媽媽包圍。

「周太太，妳家是怎麼回事？怎麼這麼多警察？」

「是啊！發生了什麼事？」

眾人你一言、我一語的，洪國政見她的表情不對勁，相當難看，想要介入她們之間，將楊晴娟解救出來，卻突然聽到：

「哎喲！昨天妳家乒乒乓乓的，好恐怖喔！是出了什麼事？」

「昨天怎麼了？」洪國政開口，把錢太太嚇了一跳！

「啊？」

「我是警察，妳說昨天半夜這裡有聲音，是不是？」

「對啊！昨天就有東西被摔的聲音，我們本來以為周太太出了什麼事，本來我想出來看看，我先生叫我不要多管閒事。還好周太太妳沒事，昨天是怎麼回事？」錢太太把昨天的事講出來。

「昨天……昨天我不在家。」

第七章

「妳不在家啊？」錢太太驚訝的看著她。「不過不在也好，要不然昨天聲音那麼大，我們都以為妳出事了。」

「我……我沒事。」

「那是小偷是吧？趁妳不在的時候，把妳家翻箱倒櫃的，怎麼樣？有什麼損失？」錢太太相當好奇，不斷追問。

面對錢太太的疲勞轟炸，楊晴娟感到相當疲倦，又不知道怎麼拒絕，只能靜靜忍受。而在旁的洪國政看到她的疲態，想辦法將她帶走。

「現在還不知道，請大家讓讓。」他帶著楊晴娟離開。

第八章

「妳還好吧?」洪國政將楊晴娟送回自己的家中，不安的看著她。她的臉色，越來越差了。

「嗯。」

「真的嗎?如果妳不舒服的話，我可以先陪妳去看醫生……」

「不用了。」楊晴娟截斷他的話。「既然有案件發生的話，你就先去上班，我……只要躺躺就好了。」

「好吧!那……有事情的話，打電話給我。」

「嗯。」

楊晴娟下了車，洪國政看著她走入家裡，關上門之後，才放心的準備離

第八章

去，從後視鏡上看到自己後面車廂似乎沒關？他下了車，用力將車廂門關了下去，心中有絲疑惑，車廂門為什麼會打開？

不過他得趕回警局，這種小事，就等回來再說了。

而進到房子的楊晴娟，則虛脫的坐在地上，感到十分惶恐。現在，只剩她一人。

是他，一定是他。

一定是周明群。

遏止不住的恐懼從心底深處發散，原本親密的人變成惡鬼，張牙舞爪的撲向她，楊晴娟感到遍體生涼，有著強烈的不安。

是的，不安，總覺得周明群似乎就在附近，虎視眈眈。

他誤會她和洪國政舊情復燃，所以突然抓狂，變得那般恐怖，原本他的外貌已經十分駭人，現在又性格大變，只要是正常人都難以忍受，何況他還對他們的家做了那些事。

楊晴娟感到壓力已達臨界點，快要崩潰。

如果她像高志正一樣，突然發瘋，會不會比較好一點？偏偏她還很正常，正常到必須面對這一切。

人家見她柔弱，為什麼她還沒崩潰？

今天發生太多事，身體感到相當疲累，飯也吃不下。她乾脆先回到房間休息，很快就沉沉睡去。

她睡著了嗎？她不知道。

只是，陷入夢境與現實當中，不論在那個世界，都不得安心，總覺得危機就在附近，那種感覺十分強烈，甚至敲著她的腦袋，讓她瞬間醒了過來……

巨大的黑暗籠罩著她，還在夢裡嗎？

意識又十分清楚，就像那次在黑暗中，周明群以死鬼的狀況出現在她眼前之前，那種緊繃的氣氛……

他來了嗎？

第八章

楊晴娟緊張的拉著被單，想要離開這恐怖的氣氛，她的身體卻無法動彈，全身的毛細孔像被勾子勾住似的，全身都發出微微的痠痛，她努力移動頸子，就著外面路燈透進來的光線，勉強看到……

是周明群！

他正站在窗外，破碎而醜陋的臉是他的特徵，失去眼瞼的他眼珠看起來格外恐怖，臉上的腐肉掉落不少，幾乎已經是骷髏了，而他，就站在一樓的窗外用著憤恨、憎怨的眼神看著她……

※　　※　　※

「……啊……」楊晴娟想要大叫，卻叫不出來，只見周明群推開窗戶，爬了進來。

「晴……娟……」

「明……明群?」她抖著牙齒，此刻的周明群讓她感到寒顫，她可以感到他的怒氣，使他的模樣看來格外恐怖。

「我說……過了，妳是……我老婆，休想……跟別人在一起！」他尖銳的說道，原本斷斷續續的聲音突然變得格外清楚！

「我沒有！」楊晴娟尖叫起來！

「你在……洪國政的家裡……呼呼……妳跟他……在一起……我就知道，妳跟他在一起！」周明群發狂的叫囂，破碎的喉嚨穿過急怒的吼風，活似鬼哭神嚎！

「我沒有！你不要亂說，我沒有！」楊晴娟將頭埋進棉被裡，棉被卻硬生生被拉走！周明群站在床尾，比銅鈴還大的雙眼瞪視著她。

「不敢看我……是不是？我就讓妳……看個夠！」周明群不再顧忌，妒狂的他只想要報復。

「你要做什麼？不要過來！」楊晴娟坐了起來，拚命往床角縮。

「看著我……看著我……咻咻……」他的喉頭發出不完整的氣音。「我是妳老公……看著我！」

第八章

「不要……你不是……不要！」楊晴娟哭喊著，閉起了眼睛。

她的喉嚨突然感到一涼，還有黏膩，她張開眼睛，周明群爬到床上，用他腫脹深黑的手掌，壓著她的喉嚨。

「看……著我……」

「不……不要……」她眼角流淚。

「我是……妳老公，看著……我……」他那活似乒乓球的雙眸，就在她咫尺，臉上的腐肉，氣息不斷灌入她的鼻中，那門戶大開的牙齒，朝她的雙唇蓋了下去——

冰涼的感覺從嘴唇滲入，從胃底急速湧上的噁心感，因為喉頭被掐住，硬生生的嚥了下去。

詭異的接吻，腥臭而噁心。

再也忍不住了，胃液衝破了藩籬，倏的大口的吐了出來，噴得兩人和床上都是。

見到這種狀況，周明群離開了她的唇。

「我……很噁心是嗎？很噁心……是嗎？」他悲憤交加，高聲喊了起來。

楊晴娟越過他，想要離開，周明群卻一把抓住她的頭髮，痛得她眼淚掉了下來，他在她耳邊哭喊：

「妳以為……我喜歡……這樣嗎？生不生……死不死……妳以為……我喜歡這樣子嗎？啊？」

「不……不……」楊晴娟眼淚直流。

「妳是我老婆……看著妳，卻不能抱妳……不能跟妳睡一張床，不能跟妳見面……妳以為……我很高興嗎？」周明群委屈的大喊，他一張口，腐壞的氣息噴了出來。

「不……」

他腐敗的身體抱住了她，死亡的軀殼散發著令人欲嘔的味道，楊晴娟被他緊緊擁住，恐懼、駭然，已達臨界點，而她為什麼還沒崩潰？為什麼還沒瘋

第八章

狂？為什麼？

※　　※　　※

啪！

燈火突然通明，電燈被打開了，洪國政衝了進來，看到眼前的狀況時，愣到了……

這……這是什麼……東西？

全身充滿腐肉，臉部毀壞，分不清本來面貌的「人」正抓住楊晴娟，他的眼珠塞在眼窩，眼白的部分格外明顯，臉上有著層層奇異硬塊，像是乾掉的血液上面又有湧出血液，形成奇特的形狀，而他的牙齒閉合，表情詭異，更不用說他還抓住了楊晴娟！

「晴娟！」他急吼了出來！伸出了槍，卻怎麼也打不下去！萬一傷到楊晴娟怎麼辦？

「國政？」楊晴娟喊著他的名字。

看到他們喊著彼此的名字，周明群發狂了，他怒吼著扯著楊晴娟的頭髮，楊晴娟痛苦的叫了起來！洪國政見狀不對，顧不得恐懼，上前朝他的臉部一打，他的頭歪了下來。

由於脖子四周是由粗線縫製，他這麼一打，周明群的頭歪了一邊，只剩下皮還黏在一起。

「這……這是什麼？」洪國政看呆了。

楊晴娟連爬帶滾的，跑到洪國政的身邊，而周明群慢慢的調整好自己的脖子，才緩緩的站了起來。

「國政，快走！」楊晴娟忙道，洪國正才大夢初醒。

「好，快走！」

兩個人衝出了房間，打開了大門，跑到了外頭，洪國政想從口袋找出車鑰匙，卻因為過於驚駭，怎麼也找不到？

「國政，快一點！」楊晴娟催促著。

第八章

「我已經在快了。」

好不容易找到了鑰匙，洪國政彎下身開門，卻聽到一聲驚叫，洪晴娟被周明群抓住，他抓著她的頭髮，往裡面走。

「晴娟！」

顧不得恐懼，洪國政拔了槍上前，也不知道他會不會怕，對著周明群就說：

「你……不准動，再動的話，我就……我就開槍了！」

周明群看著他，發出一聲冷笑。那笑容陰惻惻的，像風從他的脖子透了進去，跟著聲音一起出來。

「你……到底是什麼東西？」洪國政緊張的發問，他甚至連他是不是人都不確定。

「國政，他……他是明群。」楊晴娟痛苦的說道。

「什麼？」洪國政大吃一驚！

「對，我是……周明群……是晴娟的……老公，我跟……我老婆……在一起，你……有什麼……意見？」周明群捉住楊晴娟，用已經生蛆的手摸著她的臉蛋，楊晴娟又害怕又恐懼，又無法掙脫他，只是不斷的尖叫！

「不……不要！」

「你……周明群？你不是死了嗎？」洪國政吃驚的望著他。

「是啊……只不過……還沒有……死透，呼呼……」他的喉嚨發出咻咻的聲音。「所以……我回來……看我的老婆……呵呵……」周明群笑了起來，笑聲尖銳而刺耳。

「不……」楊晴娟流著淚，緊閉著雙眸。

「住……住口！把她放開！」洪國政叫了起來！

「她是……我老婆呀……」周明群抓起一把她的頭髮，往他的鼻頭一送，嗅取她的香氣，雖然他的五感已經喪失，但印象中的記憶仍殘存著。

「啊——」

第八章

「放……放開她……」從來沒有遇到這種情況的洪國政，只能力持鎮定，要求周明群放人。

「國……國政，救我……」被自己的鬼丈夫抓住，楊晴娟哭喊著。

「住口！」

周明群憤怒了！抓狂了！他將楊晴娟拖入屋內，用力將大門關上，洪國政見狀連忙上前拍打，大門卻無動於衷。

怎麼辦？晴娟被他抓了進去？會不會出事？

想到這裡，他遍體生涼。

雖然周明群的詭異型態讓他感到陰森恐怖，但楊晴娟還裡面，他不能放她不顧，這裡是他的家，他得想辦法進去！

※　　※　　※

被抓到屋內的楊晴娟，跌坐在地上，不斷的往後爬。而周明群不斷的接近，逼得她不得不正視。

「晴娟，我是妳……老公……為什麼……不敢看我？」他痛苦的喊著。

「不要……不要過來！」她不斷嗚咽，為了閃避他的碰觸，只能張大眼睛，才能看清他的動態。

「我有……那麼……恐怖嗎？妳一直……不肯……看我……」周明群爆發出來。

「不、不……」楊晴娟不斷搖頭。

「看我……看我……」周明群不斷逼近，呼喚的不只是現在，還有心底的渴望。

「明群，不要這樣！」楊晴娟叫了起來！

「我就……那麼……讓妳……討厭嗎？」他哭喊起來！「妳……連看……都不看我一眼！」這句話清楚而明瞭！

「不是這樣的！」楊晴娟邊哭邊喊。

「妳說……那是怎麼樣……妳說……」他破碎的臉孔向她靠近，強烈的腐臭

第八章

氣息迎面而來，楊晴娟只感不適，頭暈目眩。她的虛弱讓他解讀為逃避，更讓他發火了。

周明群一把抓住了她的雙肩，殘酷的說道：

「妳是……我老婆，就算我沒死透，我也要拉妳……陪著我……就算到地獄，也要妳陪我去……」他腫脹的手指，親暱的滑過她的臉頰，冰寒從皮膚滲到骨裡，楊晴娟渾身一僵，所以的器官都因過於緊繃而感到痙攣。

看她嫌惡的樣子，周明群受到刺激，發出尖銳的咆哮，像是準備帶她進入地獄的大門，忽然──

他的頭顱掉了！

見到這情況，楊晴娟腹部一陣收縮，忍不住大叫起來！

「啊──」

「晴娟！」洪國政吼了起來，他推開周明群的身體，手裡拿著一根球棒，來到了楊晴娟的身邊。「妳還好吧？」

「你……」楊晴娟驚懼的看著他。

「我們快走！」洪國政沒想到周明群這麼脆弱，竟然輕易就將他的頭打掉了，他拉著楊晴娟，準備往外跑，楊晴娟淒厲的喊了起來：

「國政！」

洪國政一轉頭，竟然看到倒在地上的周明群……應該說是周明群的身體，他的手緊緊抓著她的腳踝，楊晴娟嚇得魂飛魄散。

「啊！這是什麼死東西？」洪國政惱了，拿起棒球棍往他的手打下去！

結果手是斷掉了，手掌卻緊捉著楊晴娟的腳踝，楊晴娟嚇得直跳起來，她怕極了這種恐怖的狀況，她一直避免和周明群有正面接觸，就是沒辦法忍受恐懼的畫面，沒想到周明群一再逼迫她，逼得她幾乎抓狂。

「放開我！不要！放開我！」她又叫又跳！想將手從她腳底甩開，可那隻手卻抓得牢牢的，不肯放開。

而滾落到一邊的頭顱，竟然露出得逞的微笑。

「明群，不要這樣子……拜託你，放開我，不要這樣子……啊——」楊晴娟站立不穩，整個人往後跌倒，就這麼直挺挺的，摔入房間內。

「晴娟！」洪國政想要上前扶她，已經來不及了。

而這時，一個畫面闖入了他的眼簾。

楊晴娟的褲檔之間，正汨汨的滲出紅色液體，那股紅的鮮血，顯眼刺目，尖叫聲劃破黑暗——

※　　※　　※

「嗚伊——嗚伊——」

救護車來到了醫院，車子一停之後，洪國政率先跳了下來，緊接著楊晴娟從裡面由醫護人員送出。

「好痛……好痛……」楊晴娟不斷哭泣，洪國政只能不斷安慰……

「晴娟，沒事了，晴娟……妳放心，沒事了……」

「好痛……救我……救我……」楊晴娟根本聽不到他的聲音，她的注意力全被腹部的痙攣奪走了，她冷汗涔涔，呼吸困難。

洪國政跟了上去，這時候邱信哲正在急診室值班，看到洪國政，驚訝的問道：

「你怎麼會在這裡？」

「快點，幫我救人！」不由分說的，洪國政抓著他跑。

「喂喂，你要做什麼？」邱信哲被他拉著跑，感到莫名其妙，等到他被拉到急診室前，來到楊晴娟的身邊時，旁邊的護士莫名其妙的看著他。

「邱醫師，你來做什麼？我們需要的是鄧醫師。」

「什麼邱醫師、鄧醫師，還不都是一樣？」洪國政急得大吼，而邱信哲看了一眼病人，很快了解狀況，將洪國政帶到一旁。

「你鎮靜點，鄧醫師是婦產科方面的權威，信任他就對了。」

「可是她……」

「好了，你在這裡沒用，會嚇到其他病人的，出去！」邱信哲將他推了出去，回頭幫護士處理病患，然後等鄧醫師的到來。。

知道自己在裡面沒用，洪國政只好走了出去。

怎麼會發生這種事？洪國政至今仍不敢相信，那個現在不知道還在不在他家的那個……「人」？竟然是和他同時間追求過楊晴娟的周明群？

他強迫自己冷靜下來，思索著一切。

要不是開車開到一半的同時，他想起後車廂上面有些黏膩的黑色液體，和楊晴娟家裡的很像，他才懷疑會不會有什麼人躲到車裡，跟著他一起回家？所以才急忙回家，沒想到竟然發現周明群。

他曾見過這個把楊晴娟搶走，有過數面之緣的男人幾次，卻沒想到他成了一個沒死透的……不知該稱鬼還是人的怪物？

照今天晚上的狀況，楊晴娟早就知道了，要不然她怎麼會認識那個怪物？虧她還隱瞞了那麼久。

那麼，發生在她身邊的事，都跟周明群有關了？

他能跟他談嗎？已經死了一半的他，還有理智嗎？洪國政胡思亂想了好一會，站起來又坐下去，他到外面去抽菸，穩定心緒後，想要回來看楊晴娟到底怎麼樣了，卻沒見到人，他大吼起來：

「人呢？」

沒有人理他，他見到邱信哲還在旁邊幫其他急診病人診治，衝上去抓著他的衣襟。

「晴娟呢？你把她帶到那裡去了？」

「你是說剛剛那個女人呀？她已經送到病房去了，算她福大命大，孩子沒有流掉，鄧醫師已經幫她注射黃體素，目前穩定下來了。」邱信哲慢條斯理的把他的手拿下來。

「孩……孩子？」他瞠目結舌。

「已經兩個多月了，你不知道嗎？」他睨著他。

「我……我又不是她老公。」

第八章

「那就請她老公過來，我們有些事要跟他商量。」

「一定要她老公嗎？」

「要不然家人也可以，總之，必須是她的親人。」邱信哲公事公辦，就算洪國政想攬下責任也無可奈何。

「周明群，你給我出來！」

回到家裡，洪國政對著黑漆漆的屋內大吼，他知道，屋裡一定有人，果然，從裡面的房間，走出一具身影，而他的頭正提在他手上。

見到這副情況，洪國政仍膽顫心驚，不過警察不是幹假的，再加上他的膽子比楊晴娟大些，而且楊晴娟下體流血時，他也相當焦灼，放棄了攻擊，甚至救護車的電話還是他打的，所以洪國政決定跟他好好談一談。

將頭放在脖子上，周明群用虛弱的聲音問道：

「晴……晴娟……她……怎麼……樣……了？」

「她怎麼樣了？如果她有個三長兩短的話，都是你害的，你不知道她懷孕了嗎？」

「懷……孕……」不用瞠目，周明群的眼睛已大如銅鈴了。

「兩個多月了，孩子是你的吧？你不但沒有好好照顧她，你還這樣嚇她，你……你到底是不是人呀？」洪國政忍不住破口大罵。

周明群啞口無言。

晴娟……她有了？

兩個多月，那麼……是在他們吵架那天，他出去之後，就再也沒回家的那一天……那天，溫存過後，他們又因為細故吵架，他不想理她，所以開了車就出去，再也沒有回家過。

那麼……楊晴娟懷孕的這兩個多月，她獨自承受這一切，竟然沒有崩潰？真是奇蹟！

「孩……孩子……呢？」他急問道。

「孩子沒事，晴娟也沒事……可是……我有事！」洪國政爆發出來！對著

第八章

他咆哮：

「你到底想怎麼樣？你要糾纏她到什麼時候？你到底是人是鬼？為什麼不肯放過她？」

「我……我也不……不知道……」

「你這樣會嚇壞她，你不知道嗎？晴娟的膽子有多小，你又不是不知道！她連恐怖電影都不敢看，還要面對你，你到底想要她怎麼樣？」

「我……她……她是……我老婆……」周明群氣喘休休的道。

「那是活著的時候，現在的你已經死了！」

「我……還沒有……沒有……」他掙扎著。

「沒有？你那個樣子能叫做活著嗎？晴娟沒被你嚇死，真是奇蹟！還有，到時候孩子生下來的話，你要他怎麼辦？對著你叫爸爸嗎？你還想跟他們生活在一起是不是？告訴你，你已經不一樣了！」

「不——不——」周明群尖嚎起來！聲音幾乎割破人的耳膜。

洪國政捂著耳朵，對著他大喊：

「你就算沒有死，你也不是活人，你不能再待在晴娟身邊，你不能一直拉著她作伴，你已經不一樣了，知道嗎？你已經不一樣了！」

「啊——」

他的頭顱歪掉，聲音流入空氣，整個身體像積木，突然垮了下來，手臂沒有了連接點，腳也從大腿根部裂開，整個人像斷線的木偶般，四分五裂，而他的眼睛，流著黑色的血液。

最終章

十個月後

窗外的枝芽透出新生氣息，而屋內的嬰兒啼哭亦充滿活力。

楊晴娟忙著抱著剛滿月的小孩，一方面哄他入睡，一方面跟在屋內忙碌的洪國政說道：

「國政，你休息一下，不要一直忙。」

「等一下，我把奶瓶洗好就好。」洪國政的聲音從廚房傳了過來。

懷裡的小孩已經入睡，楊晴娟抱著他走到窗口，輕柔的晒著太陽，而那一切黑暗的記憶，似乎只是一場夢……

「好了。」洪國政走了出來，手在褲管上亂擦。

「廚房不是有擦手巾嗎？你怎麼在自己褲子上亂擦？」

「喔！我忘了，我再去擦一下。」洪國政進入廚房，將手擦乾後，才又走了出來。

他一直在這裡幫忙，就像是家裡的一分子。

楊晴娟有些發愣的看著他，洪國政見她有異，連忙問道：

「晴娟，妳怎麼了？是不是太累？還是小孩子我來抱就好了。」他伸手過去，準備接手。

「不用了，他已經睡著了，你休息吧！」

「好。」

「國政……」

「嗯？」洪國政坐了下來，喝著他帶來的啤酒。

她的聲音有些困惑。「那天……到底發生了什麼事？」她只記得她的腳被周明群抓住，重心不穩之後，就往地上跌去，然後腹部傳來一陣劇痛，就什麼都不知道了。

等她明白懷孕的時候，是在醫院。

「哪天？」他故作迷糊。

「就是那天……明群在你家裡的時候，後來到底發生了什麼事？為什麼都沒有他的消息了？」

「他不再來纏著妳，不是很好嗎？」洪國政反問。

「話是這麼說沒錯，可是……他會不會隨時回來？」想到還要面對他，她就感到恐懼，下意識的把兒子抱更緊了。

「放心，他不會再回來了。」

「為什麼？」她抬起頭來看他。

「因為……有我保護妳呀！」洪國政鼓起勇氣，羞澀的說道，楊晴娟對上了他的眼，空中似乎有電流通過，他們又回到了當初相遇的時候。

這樣……應該是最好的吧？

有另外一個男人保護她，他也應該離開了。

這是男人與男人之間的協議。

周明群從外頭的窗口看著他們，穿著大衣，帶著鴨舌帽，還有口罩，包這麼緊，至少他不用擔心腐壞的問題，以後應該也不用擔心了。

託洪國政的幫忙，他的身體打了藥劑，他實在厭倦那些常常在他身邊圍繞的蒼蠅、蚊子，甚至還有那些蛆蟲，現在的他就算到地底下也千年不壞了。這些，都是洪國政幫他的忙。

包括他的老婆。

最後一次跟洪國政談了之後，他們談了很久很久，他知道洪國政對楊晴娟還有情，也願意照顧他的小孩，由他來照顧他們，應該是最適合的吧？

周明群的眼神黯了下來。

如果他沒有好好照顧他們的話，他會回來找他算帳的。這是他在承諾離開之前，撂下的狠話。

那麼，和這個活人世界格格不入的他，也該走了，只是……他能去哪裡？
他有很長、很長的時間，可以思考。
將衣領拉高，他轉身離去。

電子書購買

國家圖書館出版品預行編目資料

屍戀 / 梅洛琳著 . -- 第一版 . -- 臺北市 : 崧燁文化事業有限公司 , 2021.09
面 ; 公分
POD 版
ISBN 978-986-516-837-7(平裝)
863.57 110014830

屍戀

臉書

作　　者：梅洛琳
發 行 人：黃振庭
出 版 者：崧燁文化事業有限公司
發 行 者：崧燁文化事業有限公司
E-mail：sonbookservice@gmail.com
粉 絲 頁：https://www.facebook.com/sonbookss/
網　　址：https://sonbook.net/
地　　址：台北市中正區重慶南路一段六十一號八樓 815 室
Rm. 815, 8F., No.61, Sec. 1, Chongqing S. Rd., Zhongzheng Dist., Taipei City 100, Taiwan (R.O.C)
電　　話：(02)2370-3310　　**傳　　真**：(02) 2388-1990
印　　刷：京峯彩色印刷有限公司（京峰數位）

定　　價：250 元
發行日期：2021 年 09 月第一版
◎本書以 POD 印製